Philipp Langmann

Bartel Turaser

Drama in drei Akten

Philipp Langmann

Bartel Turaser
Drama in drei Akten

ISBN/EAN: 9783743635166

Hergestellt in Europa, USA, Kanada, Australien, Japan

Cover: Foto ©Andreas Hilbeck / pixelio.de

Weitere Bücher finden Sie auf **www.hansebooks.com**

Bartel Turaser.

Drama in drei Akten

von

Philipp Langmann.

Zweite Auflage.

Leipzig,
Robert Friese, Sep.-Cto.
1898.

Den Straßen der Heimat.

Personen.

Bartholomäus Turaser,
Adolf,
Weixner,
Baßweiler,
Zacharias,
Schimmel,
Marie Belber, } Färbereiarbeiter in der Baumwollenwarenfabrik vormals Daberger & Söhne.

Kleppl, Färbermeister,
Ein Buchhalter, } ebenda.

Albine Turaser, Bartels Eheweib.
Bartholomäus,
Ein Säugling, } beider Kinder.

Adolfin, das Weib Adolfs.
Anna Belber, Mariens Schwester.
Dr. Schwarzweiß, Rechtsanwalt.

Arbeiter und Arbeiterinnen; sämtliche mit schwarzen Händen, soferne sie in der Färberei beschäftigt sind. Die Männer auch im Gesichte blau, insbesondere um die Augen und am Halse; die Weiber reinlicher. Kleidung ärmlich und geflickt, aber nicht zerlumpt, einzelne neu und nett.

Ort der Handlung, die in der Gegenwart spielt, in allen drei Akten das Wohnhaus Turasers am Rande einer großen

Stadt, das letzte Erbstück, der in früheren Geschlechtern wohl=
habenden Bauernfamilie. Es diente einst als Scheune, liegt
isoliert und etwas abseits an der Straße, die ins nächste,
fast ganz von Fabrikarbeitern bewohnte Dorf führt und ent=
hält zwei Räume: das Wohnzimmer und die Flur. Die
Pfosten des rechten Bansens sind erhöht und trennen das
Wohnzimmer von dem übrigen Raum, der Flur, bestehend
aus der Tenne und dem linken Bansen.

Ein kalter Vorwinter.

Der erste und dritte Akt spielt im Wohnzimmer, der zweite
in der Flur. Rechts und links vom Zuschauer.

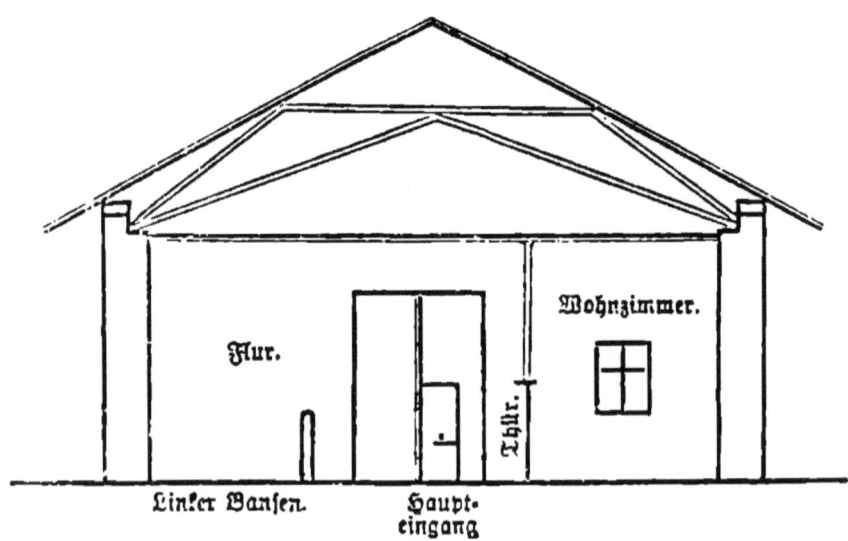

Erster Akt.

Das Wohnzimmer Turajers. Links rückwärts die Eingangsthür, die zur Flur führt, im Hintergrunde und rechts kleine Fenster mit roten Vorhängen und kärglichen Topfgewächsen. Zahlreiche, aber ärmliche und ungeordnete Einrichtung. Viel Kram. Darunter ein Kasten mit 4 Schubladen, darauf ein Muttergottesbild aus Gyps unter einem Glassturz, Kunstblumen, Porzellan und Glas. Ein Sparherd, der benutzt wird, und ein kleiner, eiserner, unbenutzter Ofen, dessen Blechrohr quer durch den Raum zum Kamin geht. Stricke zum Aufhängen der Wäsche, an ihnen etwas weißes Baum=
wollzeug. Rechts vorn das Bett des kleinen Bartel mit dem Fuß=
ende zum Auditorium, dabei eine Scheibtruhe als Wiege. für den Säugling: man setzt sich auf die Tragstangen, hebt damit die Truhe samt dem Rad, läßt sie niederwippen, ohne mit dem Rad den Boden zu berühren. Eine kleine Petroleumlampe beim Kopfende des Bettes erhellt den Raum.

(Turajer, den Säugling auf dem Arme, steht am Sparherd und rührt in einem Töpfchen, sieht nach dem Feuer und hutscht das Kind, wobei er leise summt. Bartholomäus liegt aufrecht im Bett, mit dem Gesicht zum Beschauer, ein Buch in den Händen. Pause.)

Kl. Bartel (lesend).

.... Es ist manchmal hellbraun und manchmal schwarzbraun und ist gar nicht so harmlos wie man zumeist glaubt; es raubt Vogelnester aus .... (Legt das

Buch in den Schoß und sieht auf.) — Nein, Pappi, das kann doch nicht sein! — Pappi!

Turaser.

Was denn?

Kl. Barthel.

Es kann doch nicht sein, daß das Eichhörnchen so böse ist.

Turaser.

Es steht doch im Buche.

Kl. Barthel.

Freilich. — Es raubt Vogelnester aus. Was machen dann die armen kleinen Vogerln? — Pappi!

Turaser.

Was denn?

Kl. Bartel.

Was machen dann die kleinen Vogerln?

Turaser.

Die legen wieder frische Eier und brüten und bekommen dann Junge und füttern sie bis sie groß sind und fliegen können. (Pause.)

Kl. Bartel (liest).

Es hüpft von Ast zu Ast, es klettert auf die Bäume ..... Pappi! — Fällt es dann nicht herunter?

Turaser.

Aber nein!

Kl. Bartel.
Von einem Ast auf den andern Ast? — Auf den andern Baum?

Turaser.
Wenn der Ast vom andern Baum in der Nähe ist, springt es darauf. Im Wald sind aber immer die Aeste bei einander.

Kl. Bartel.
— — Pappi!

Turaser.
Was denn?

Kl. Bartel.
Warst du schon einmal in einem Wald?

Turaser.
Sei doch nicht dumm; freilich war ich. Und oft. Vor drei Jahren waren wir zu Besuch bei den Grafischen in Schwarzkirchen, dort ist ein Wald, ein großer — — na, wie sagt man doch — kein Laubwald — —

Kl. Bartel.
Nadelwald.

Turaser.
Ja, so einer, ein Nadelwald, Fichten und so.

Kl. Bartel.
Hast ein Eichhörnchen gesehen?

Turaser.
Oefter als einmal. Einmal sah ich eins auf der Erde, du machte etwas einen Lärm, gleich war es auf

einen Baum, husch, husch, und auf einen Ast und auf einen andern Baum, fort, fort, — — — hast nicht gesehn! (Bartel lächelt.) — — — hast nicht gesehn!

Kl. Bartel (fröhlich).

Wenn ich einmal ein Eichhörnchen hätte! — Da wär ich froh! Es möchte springen, husch, husch! — O, ich möchte es schon fangen! Eins, zwei, gleich hätte ich es. Und dann möchte es bei mir schlafen.

Turaser (lacht).

Thät sich schön bedanken für deine Gesellschaft.

Kl. Bartel.

— Nein . . . . .?

Turaser.

Du ungeschicktes Köpferl. Das muß sein eigenes Zimmerl haben und sein eigenes Betterl, kleines Glaserl — jah! —

Kl. Bartel.

Ein Käfig? —

Turaser.

Jah! —

Kl. Bartel.

Eingesperrt?

Turaser.

Sonst lauft es ja weg! — Ganz weg! —

Kl. Bartel.

Stirbt es nicht?

Turaser.

Ach was! Es ist lustig und springt und beißt und knackt Nüsse auf, — ja! — Und dann spielt es sich. Es hat ein rundes Kammerl, da springt es hinein, und wie es lauft, so dreht sich das ganze Kammerl.

Kl. Bartel.

Wie? —

Turaser.

Das Kammerl dreht sich.

Kl. Bartel.

Das Kammerl?

Turaser.

Freilich! Es hängt in zwei Zapfen, und wie das Katzl hinaufspringt, dreht es um, muß das Katzl wieder hinaufspringen und wieder und wieder, wieder, wieder, und so dreht es sich . . . .

Kl. Bartel.

. . . . . . nein! — Pappi! . . . . . Pappi!

Turaser.

Was denn?

Kl. Bartel.

. . . . . . Das muß schön sein!

Turaser (er hutscht das Kind auf seinem Arm).

Bsch — sch! bschbschbsch! Bsch — sch! Bsch — sch! — — — Wenn du brav bist und bald gesund wirst, so werden wir einmal eins bekommen.

Kl. Bartel.
Bekommen?
Turaser.
Nu, fangen, kaufen, es kostet ja nicht so viel!
Kl. Bartel.
Kaufen?
Turaser.
Alles kann man kaufen.
Kl. Bartel.
Doktor auch?
Turaser.
Auch. Doktor, Eichkatzel, Fleisch, Wald, alles!
Kl. Bartel.
Ich möchte mir gleich Doktor kaufen und Wald und Eichkatzel.
Turaser.
Und Fleisch? — Nicht?
Kl. Bartel.
Ja, — auch! Aber die Mammi bringt ja.
Turaser.
Ja, sie bringt. — Aber vorher muß sie es kaufen.
Kl. Bartel.
Alles kann man kaufen.
Turaser.
Ja, auch Gesundheit und langes Leben.

Kl. Bartel.
Weil man sich Doktor kaufen kann.

Turaser.
Doktor, frische Luft und gute Speisen. Alles, nur nicht das gute Gewissen.

Kl. Bartel.
Haben einen die Leute nicht gern?

Turaser.
Die Leute haben jeden gern, der Geld hat. Aber wenn einer ein schlechtes Gewissen hat, das wurmt und bohrt inwendig und er denkt sich, wenn ich nur so brav wäre wie andere Leute, und wenn ich nur ruhig sein könnte, gern möchte ich mein halbes Vermögen hergeben, wäre ich nur ein ehrlicher Mensch. Aber umsonst, das kann er sich nicht kaufen.
(Es klopft.)

Turaser.
Wer ist —? — Wer ist draußen?

Kleppl (von der Flur, die ganz dunkel).
Ich bin's.

Turaser.
Wer ich? — Ah — sie! Kommen sie herein; ich kann doch nicht hinausgehen mit dem Kind, und machens die Thür zu, daß nicht das bißl Wärm hinausgeht. (Nach einer Pause:) Es ist ja niemand da! —

Kleppl (eintretend).

— Ist niemand da?

Turaser.

Was wollen sie? —

Kleppl.

Ich komm zu ihnen.

Turaser.

Was wollens!

Kleppl.

Ich habe mit ihnen etwas zu reden, sie wissen ja gut, um was es geht.

Turaser.

Ich weiß gar nichts. (Pause.) Ich weiß, um was es sich uns handelt, um was es ihnen zu thun ist, kümmert mich nichts und brauch ich nicht zu wissen.

Kleppl.

Aber sind sie doch vernünftig, Turaser, was habe ich ihnen denn gemacht? Ich begreife nicht, was sie haben wollen!

Turaser.

Sie müssen zu Grund gehn! —

Kleppl.

Aber reden sie keinen Unsinn. Ich werde nicht zu Grund gehn. Wie so? — Ihr seid jetzt vierzehn Tag im Streik, wie lange soll das noch dauern? Es hat ja keinen Zweck.

Turaser.

Zweck? — Sie müssen zu Grunde gehn. Das ist der Zweck.

Kleppl.

Wenn sie noch vier Monate lang nicht färben gehen, so gehe ich doch nicht zu Grund; eher werdet ihr alle vor Hunger sterben, alle zwanzig. Ich? ich such mir einen andern Posten, ich bin ja nicht verloren in der Welt. Färbereien giebt's genug, und einen Meister wie mich kann man überall brauchen.

Turaser.

Also, was wollen sie jetzt bei mir da? —

Kleppl.

Sie vergessen, ich habe erwachsene Kinder — —

Turaser.

Aha!

Kleppl.

Nun ja, nur deswegen ist mir die Sache peinlich.

Turaser (legt das Kind behutsam in die Truhe, geht dann zu Kleppl und hält ihm mit verhaltener Wut die Faust vor).

Sehens, Kleppl, sehens, Meister, sie sind der miserabelste Schuft, der mir in meinem Leben vorgekommen ist. Sie haben uns geschunden so viele Jahre, sie haben jeden einzelnen von uns sekiert, wo es nur möglich war, und geschadet. Immer sind sie hinter dem Direktor her und haben vor ihm Buckerl gemacht und

Herr Direktor her, Herr Direktor hin, und wenn einer gekommen ist um eine Aufbesserung: — Wenden sie sich an den Herrn Kleppl, wenn der sie vorschlägt, ich habe nichts dagegen. — Ja, der Herr Kleppl! Dem hätt einer kommen sollen, — schad ums Schmalz! Ihretwegen sind wir am schlechtesten bezahlt in der ganzen Fabrik, wegen ihnen haben wir den miserablen Dienst, die stinkende Arbeit um die paar Groschen machen müssen, jetzt aber entgehen sie uns nicht! . . . Wir haben es uns geschworen, hören sie, was ich ihnen sage, wir haben es uns geschworen, sie müssen weg, und wenn wir alle weg müßten! — Erinnern sie sich an den Kutschenreiter? — Erinnern sie sich? — An den Kutschenreiter? — Den haben sie auf dem Gewissen, sie Fallot sie. Sie haben den alten Menschen, der zwanzig Jahre bei uns gearbeitet hat und in der nassen Färberei krank geworden ist, den haben sie hinaus=gebracht.

Kleppl (einfach).

Das ist nicht wahr. Der Mann hat das Delirium gehabt. Und mit den Zelberischen ist es auch so.

Turaser.

Also sind wir bei den Zelberischen! Deshalb kommen sie ja her . . . Das weiß ich ja eh! —

Kleppl.

Also wenn sie es wissen, brauch ich es nicht zu sagen. Um die Zelberischen dreht sich die Geschichte.

Sie behaupten gehört zu haben, daß ich der Marie Zelber gesagt habe, die Schwester kommt nicht eher bei uns an, ehe sie mir nicht zu Willen ist. Ist es so?

Turaser.

Das haben sie gesagt. Drauf leg ich beim Gericht mein Jurament ab.

Kleppl.

So so — —.

Turaser.

Nicht deswegen sind wir aus der Arbeit geblieben; wir haben ihnen jeder einzelne und alle zusammen um einen höheren Lohn gesagt und dem Direktor gesagt, und immer haben sie es hintertrieben. —

Kleppl.

O nein! Ich hab nur das gethan, was mir geschafft worden ist.

Turaser.

Jetzt glaubt es ihnen niemand mehr. Und uns wird man alles glauben.

Kleppl.

Auch die Sache von den Zelberischen?

Turaser.

Aber es ist ja wahr!

Kleppl.

Ich wette — Turaser hören sie — ich wette mit ihnen um zweihundert Gulden, daß es nicht wahr ist.

Turaſer.

Was wollen ſie damit? —

Kleppl.

Sehen ſie zu. Jetzt ſind ſie vierzehn Tage fort. Wie lange werden ſie es denn noch aushalten? Keine vierzehn Tage mehr, das verſteht ſich. Alſo in die Arbeit werden ſie alle wieder kommen, was liegt daran, ob acht Tage früher oder ſpäter. — Und was mich anbetrifft — ob ſie mich bei der Gerichtsverhandlung hineinbringen, das hilft ihnen gar nichts, Turaſer. Wenn ſie mich aber nicht hineinbringen, das wird ihnen nützen. Erſtens kann dann die Arbeit gleich anfangen, zweitens bekommen ſie — wie viel haben ſie jetzt —?

Turaſer.

Ein Gulden zehn.

Kleppl.

Ein Gulden ſiebzig! — Und dann gewinnen ſie noch unſere Wette . . . . . .

Turaſer.

. . . . . . ?

Kleppl.

Die zweihundert Gulden, um die wir gewettet haben — —! Ueberlegen ſie ſich das. Von den andern wird ihnen niemand etwas geben, die haben ja ſelber nichts. Sie könnten ſich aufhelfen. (Sieht ſich um.) Es ſieht bei ihnen nicht glänzend aus. Wie es halt ausſehn kann bei einem Gulden zehn auf den Tag.

Den Buben haben sie krank, der braucht kräftige Nahrung. — — (Bartel verkriegt sich.) Ihr Weib könnte zu Haus bleiben oder einen leichtern Verdienst suchen, auf die Kinder acht haben — das alles wäre leicht möglich. Und dann, es ist gar nicht wahr, daß ich es gesagt habe! Ich habe nur gesagt, es ist schwer, die Schwester aufzunehmen, weil sie trotzig ist und niemals das thut, was man ihr schafft. Die Marie ist aber dann gleich zu ihnen gegangen — sie sind bei der Stiege gestanden, und hat es so verdreht, als ob ich der Schwester wer weiß was geschafft hätte. So steht die Geschichte. Und jetzt glauben sie es selbst. Es ist aber nicht wahr, ganz bestimmt nicht wahr! Und wenn es wahr wär, ist sie denn eine solche Heilige? Sie ist ja ein Mädel wie ein anderes. Einen ordentlichen Menschen unglücklich machen und am Abend herumlaufen wie die Hündinnen, das paßt ihnen. Darum werden sie also morgen einen schlechten Eid schwören, wenn sie gegen mich schwören können, und werden nichts davon haben, und ihre Kinder nichts, und die andern nichts. Wenn sie aber vernünftig sind, so helfen sie allen.

Turaser.

So ein Schuft kann ich nicht sein.

Kleppl.

Sind sie doch nicht kindisch! Jeder andere an ihrer Stelle, stellen sie sich doch nur vor, der Meixner, der Kroppek, die Wegerle und die anderen, glauben sie, die überlegen sich das einen Augenblick? Bedenken sie, zweihundert Gulden ist kein Wochenlohn! — Uebrigens, ich will sie nicht drängen, überlegen sie sich die Sache von allen Seiten, vielleicht wird es ihnen von selbst einleuchten. Ich habe das Geld bei mir, ich komme später noch einmal her, besprechen sie sich mit ihrer Frau. Ihre Frau wird ihnen gewiß keinen schlechten Rat geben. Sprechen sie mit ihr, und wenn ich am Abend komme, so sagen sie mir, ob so oder anders. Sind sie vernünftig, so können sie ihrer Familie ein anständiges Leben schaffen, die Arbeit fängt gleich an, sie haben das Geld sofort auf die Hand. Sind sie aber unvernünftig, so nehmen wir, — denn ich komme auf alle Fälle in die Fabrik zurück, andere Arbeiter auf, und sie können irgendwohin als Taglöhner gehen. Empfehle mich! — (Ab.)

Turaser (setzt sich zur Scheibtruhe und schaukelt das Kind).

Bartel.
...... Pappi, das war der Meister.

Turaser.
Ja, das war der Meister Satan. Der Satan!

Bartel.
Pappi, du warst bös auf ihn.

Turaser.
Bös? — Ich hätte noch zwanzig Mal böser sein sollen auf den Gauner! Ich hätt ihn gar nicht sollen

reden lassen, den Hund. Wie er die Thür aufgemacht hat, hinaus, hinaus! Gauner!

Bartel.

Sei nicht so bös. Er hat dir ja versprochen.

Turaser.

Er hat mir Geld versprochen, daß ich auch ein Schuft sein soll. (Pause.)

Bartel.

Pappi! .... Ist das viel Geld, zweihundert Gulden?

Turaser (springt auf).

Uje! Die Gasch! (Eilt zum Sparherd und nimmt das Töpfchen auf.) Das wird schön ausschaun. Barti, willst schon essen?

Bartel.

Ja.

Turaser.

Es ist jetzt gerade recht. Nicht zu dünn, nicht zu dick. Das Feuer ist auch schon ausgegangen, und ich hab noch nicht den Kaffee für die Mutter zugestellt. (Er gießt den Brei auf einen Teller und reicht ihn mit einem Löffelchen dem Knaben.) So, langsam essen und alles aufessen. (Er sucht in dem Loch unter dem Herd nach einem Holz, es zu spahnen.)

Bartel (essend).

Pappi, ist das viel Geld, zweihundert Gulden?

Turaser.

O ja.

Bartel.

Da kann man viel kaufen.

Turaser.

O ja. (Spaltet das Holz.)

Bartel.

Ein Eichkatzerl?

Turaser.

Freilich.

Bartel.

Medizin — — Kleider — Pappi, Kleider — — für dich — — Fleisch — — Ja, und einen Käfig mit einem Kammerl. Und die Mammi, hat der Meister gesagt, wird zu Haus sein. (Weinerlich:) Pappi, laß die Mutter zu Haus sein! — — —

Turaser (macht Feuer an).

Hörst auf, mit deinen faden Reden, dummer Bub! —

(Naßwetter. Schimmel.)

Naßwetter (ein schmales Bürschchen um die Zwanzig). Also, Turaser, da sind wir! Servas, was machst, wie geht's? Frisch bei'nand? — Grüß dich, Barti, was machen die Indianer? Seins auf dem Kriegspfade? He? — Mir scheint's, die schlitzäugige Hyäne wird die Taube des weißen Volkes nicht erwischen; da wär der junge Häuptling Habahunger der Richtige. (Er reicht ihm die Hand.) Hug, hug.

Turaser.

Mach keinen solchen Lärm da, wie im Wirtshaus. Siehst, das Kleine schlaft. —

Naßwetter.

No, no, no! — Der kleine Sohn des alten Kriegers schläft wie ein Ratz.

Schimmel (glattrasiert, dummpfiffig).

Turaser.

Turaser (als ob er bereits voraussähe, angebettelt zu werden). Na, was willst denn?

Schimmel.

Hast einen Tabak?

Turaser.

Dort auf dem Kasten. Es wird noch eine Pfeifen drinnen sein. — Aber wart, ich will dir's schon geben. (Geht zum Kasten, findet einen Tabaksbeutel und reicht ihn Schimmel, der ihn mit Bedacht in den seinen leert und glatt putzt.)

Schimmel.

Jetzt haben wir den Kleppl gesehn. Gerad bevor wir hergekommen sind. Er ist in die Stadt gegangen. Wo ist er hergekommen?

Naßwetter.

Ich hab ihm eine Verbeugung gemacht: Ich habe die Ehre, Herr Kleppl! Hat mich so angeschaut, und ich hab mir gedacht, wart, Spitzbub, morgen beim Gericht werden sie aus dir ein Gollasch machen.

Schimmel.

Werden sie machen.

Naßwetter.

Da frag nicht! — Herr Gerichtshof, ich bin unschuldig. Ich habe nur den Befehlen Folge geleistet, ich bin ein Bediensteter, der gehorchen muß. Die Marie Zelber lügt. — Der Staatsanwalt (er näselt und tariiert). Jajaja, das sagt jeder, der vor diese Schranken tritt. Der Mann hat seine Stellung mißbraucht, sucht ein Loch um durchzuschlüpfen, er findet aber keins. Der Verteidiger (stößt mit der Zunge an): Hier sehen sie einen Ehrenmann, ein Opfer seines Berufes und seiner Pflichterfüllung. Die soziale Frage wirft ihre Schatten auf Schuldige und Unschuldige. Die soziale Frage — — man unterscheide genau — die soziale Frage kennt keine Unterschiede. — — Der Richter (tariiert): Zwei Jahre Zuchthaus, alle Tage Erbsen, verschärft mit Graupen, Exhorte und Roßhaarzupfen.

Turaser.

Bist du aber ein Hanswurst!

Naßwetter.

Jeder wie er kann! Aber, Leuteln, ich sag euch, ich hab schon vier Tag keinen warmen Löffel im Leib gehabt. Ein solches Bedürfnis nach den landesüblichen Münzsorten hab ich in meinem Leben noch nicht gehabt. Wo nimmt man einen Gulden her?

Schimmel.

Geh zum Direktor, der wird dir geben.

Turaser.

Probier's einmal mit einem von unseren Aktionären Vielleicht!

Bartel.

Pappi! . . .

Naßwetter.

Das könnt man wirklich probiren.

Bartel.

Pappi! — Turaser.

Was denn?

Bartel (winkt ihn zu sich und spricht ihm ins Ohr).

Turaser (zu Naßwetter).

Willst einen Brein? Der Bub will nichts essen.

Naßwetter.

Her damit! (Nimmt den Teller und ißt hastig.)

Turaser.

Morgen kriegst zwölf Kreuzer. Wenn du mir viere giebst, so gieb ich dir ein Tüpfel heißen Kaffee. Das ist ganz gut.

Her damit.

Naßwetter.

Turaser.

Ein Brot dazu, und der Magen hat, was er braucht.

(Er gießt Kaffee ein, schneidet Brot und reicht beides Naßwetter, der sich mit Vorsicht auf den Bettrand zu Bartel setzt und bedächtig schlürft.)

Schimmel.

Wenn ihr so gut sein wollt.....

Turaser (abschneidend).

Mit bestem Willen nicht; die Alte will auch was haben, wenn sie nach Haus kommt. (Pause; man hört Naßwetter schlürfen, Schimmel setzt sich auf einen Schemel und stopft seine Pfeife.) Jetzt möcht ich gern wissen, wie lang wir das noch aushalten werden.

Schimmel.

Nicht lang. — Du, bei dir ist es anders. Dein Weib verdient.

Turaser.

Siebzig Kreuzer am Tag.

Schimmel.

Manchmal achtzig.

Turaser.

Also, wenn du es weißt —! Davon können wir doch nicht leben. Da müßten wir stückweis verhungern. (Adolf und seine Frau, alte Leute, nur der Mann ist Färber.)

Turaser.

No, das ist schön, daß ihr zu uns auf Besuch kommt. Setzt euch her, wo es warm ist. (Schiebt ein Bänkchen zum Herd, auf das sie sich setzen.) Wie geht's, Adolfin?

Adolfin (lächelt).

No, wie es halt geht! So lila, nicht ganz veigerlblau!

Turaser.
Mit der Gesundheit? —

Adolfin.
Die Füß, die Füß wollen nicht mehr recht.

Naßwetter.
Ich borg ihnen meine.

Adolfin.
Du Schlankel, wie ich so jung war wie du, bin ich auch gelaufen für zweie.

Adolf.
Den Herrn Meister haben wir getroffen.

Adolfin.
Er hat ihm zugeredet. — Ja, sag ich, Herr Meister, der Lohn ist nicht groß, aber wir wären schon zufrieden gewesen, weil mein Mann schon so viel Jahr arbeitet, achtzehn Jahr arbeit er schon und weil ich auch so viel Jahr in der Fabrik gearbeitet hab, wie noch der selige alte Herr gelebt hat, wir wären schon geblieben. Aber, Herr Meister, mein Mann kann doch nicht allein arbeiten, mein Mann kann sich doch nicht herstellen gegen alle.

Adolf.
Gerad weil er alt ist, muß er gescheiter sein.

Adolfin.
Und wenn die Arbeit wieder anfangt, muß er doch wieder gut Freund sein mit allen. Soll er sie jetzt verlassen?

Adolf.
Nein, das thut der alte Adolf nicht! — So haben sie sich die Folgen selber zuzuschreiben. — Gut, sag ich, gut, Herr Kleppl!

Adolfin.
Und ich hab gesagt, aber vor unserm lieben Herrgott werdens müssen Antwort geben, hab ich g'sagt.

Naßwetter.
Und was hat er g'sagt?

Adolfin.
Dreißig Kreuzer hat er mir geben.

Schimmel.
— Sakra! —

Turaser.
Die hätten sie nicht nehmen sollen.

Adolfin (weint).
Aber wir haben keine Erdäpfel mehr.

(Pause.)

Schimmel.
Macht euch nichts daraus, wir halten es ja alle nicht mehr aus.

Adolf.
Ihr seids lauter junge Männer, manche ledig, das Weib verdient, könnts warten, könnts wo anders hingehn. Wer nimmt mich?

Schimmel.
Das ist freilich wahr.

Naßwetter.
Gar nichts ist wahr. Der Adolf kann morgen hingehen und arbeiten, und er wird ihn nehmen und in die Bleichen stecken, und keiner von uns wird was sagen.

Schimmel.
Und du wirst es noch drei Wochen aushalten. Schaust eh schon aus wie ein Gespenst.

Naßwetter.
Das kümmert dich gar nichts. Du giebst mir ja nichts.

Schimmel.
Weil ich selber nichts hab.

Naßwetter.
Du hast dein Häusel und deine Erdäpfel. Du kannst leicht lachen.

Schimmel.
Das Lachen kann mir niemand verbieten, und wenn ich es nicht brauchen möcht, möcht ich nicht am Tag arbeiten und mich vom Kleppl hunzen lassen. Alles muß ein End haben! — Alles muß ein End haben, sag ich! — Und mehr sag ich nichts. Kannst mitgehn.

Naßwetter.
Servus, Barti. Bezahl's Gott!

(Naßwetter und Schimmel ab.)

Adolf.

Gestern war ich beim Direktor.

Turaser.

War er bös?

Adolf.

Gar nicht. — Was wollen sie? — Ich bin ein alter Färber, Herr Direktor, geben sie den Kleppl weg, und es ist ein Frieden. — Das kann ich nicht wegen den anderen. Morgen machen mir die Weber dasselbe, übermorgen die Drucker, was fällt ihnen ein! — Aber der Kleppl ist doch schlecht! — Das wird sich, hör ich, bei der Verhandlung zeigen. Herr Kleppl hat die Zelber auf Ehrenbeleidigung geklagt. Sagt der Richter, sie ist schuldig, dann kann ich nichts thun. — So bin ich weggegangen und hab mir das Maul gewischt.

Adolfin.

An allem ist die Zelber schuld. Ist denn die Anna wirklich so eine Heilige?

Turaser.

Darum geht es da nicht. Der Kleppl schindt uns schon so viel Jahr, er ist ein Fallot; so lang haben wir auf ihn gelauert und haben ihn nicht erwischen können, zweimal schon ist er durchgehaut worden, hat alles nichts genützt. Sollen wir denn unser Leben lang unter dem Hund arbeiten? Müssen wir uns denn ewig von ihm drücken lassen? Jetzt hat ihn die Zelber ans Messer geliefert. Jetzt haben wir ihn, jetzt muß er springen.

Adolf.

Turafer, Turafer! Wir werden auch springen. — Haft du dir das überlegt?

Turafer.

Was?

Adolf.

Ob du dir das überlegt haft, was geschehn kann?

Turafer.

Was kann geschehn?

Adolf.

Das werd ich dir sagen. Nehmen wir an, der Kleppl wird entlassen. Wir sind ohne Kündigung weggeblieben. Muß uns denn der Direktor wieder nehmen? Er kann uns nehmen, aber er muß nicht. Er kann sagen, ich brauch die Färberei nicht. Ich laß auswärts färben.

Turafer.

Das kann er nicht.

Adolf.

Aber er wird es sagen. Er wird sich im stillen ein paar abrichten, er wird im stillen ein paar aufnehmen, und wir sind fertig. — Aber, hörst! — Aber der Kleppl muß nicht verurteilt werden. Er muß nicht. Er kann ja auch freigesprochen werden. Dann braucht er uns erst recht nicht; dann wird der Kleppl alles schon richten. Dann kann er uns sagen: Ich such mir meine Leute aus, und nimmt ein paar, und die andern können gehn in Gottes Namen. Oder wir gehen alle zurück. Dann haben wir den Kleppl wieder auf dem Hals. — Vielleicht aber kriegt er Angst und wird besser werden. Verstehst? — Das hab ich dir sagen wollen, deshalb bin ich hergekommen. Und jetzt geh ich. — (Die Alten erheben sich und gehen zur Thür.)

Adolfin.

Wirst sehen, Turaser, der Kleppl wird anders werden, wirst sehen! (Beide ab.)

Turaser (steht in Gedanken verloren da).

(Man hört das Abendläuten vom Dorfe her.)

Bartel.

Sie läuten schon. — — — Jetzt wird die Mutter bald kommen.

Turaser.

Ja......

Bartel.

Sie hat mir versprochen, sie bringt mir ein Paar Würstel mit..... Pappi!....

Turaser.

Ja.... was?

Bartel.

Die Mammi hat mir versprochen....

Turaser.

Ist recht, mein Kind. Sei nur hübsch ruhig, daß du bald gesund wirst. Du hast mir's ja versprochen, daß du dem Herrn Doktor folgsam sein wirst. Sonst mußt noch lang im Bett bleiben, und dein Pappi hat Kummer.

Bartel.

Komm her! Setz dich, Pappi, setz dich! Mein guter Pappi, mein lieber Pappi....

Turaser.

Wer hat dich gelehrt, so schmeicheln?

Bartel.

Wirst mir das Eichkatzl kaufen? Ja, mit dem Häusel, wo sich das Kammerl dreht? — — Wirst? — Sag! — Ja? — Wirst? ..... Dann bin ich gleich gesund, aber gleich!

Turaser (wieder im Nachdenken).

.... Das kann nicht sein, das darf nicht sein....

Bartel.

Aber....! — Es kost ja nicht so viel! —

Turaser (aufatmend).

Auf mich, auf mich! Alle auf mich! — (Er erhebt sich und geht einige Schritte.) Sie halten es nicht mehr aus — —

Bartel.

Wird der Naßwetter morgen wieder kommen?

Turaser.

Kommen wird er schon, aber ob er was kriegen wird!

3*

Bartel.

Der ist aber lustig

Turaser.

Wie war das damals .... weißt, im Lesebuch — von dem klugen Bauer und dem dummen Teufel ...?

Bartel.

Von dem dummen Teufel ...? Ja, wart nur ... Erst hat er die obere Hälfte haben wollen, da pflanzte der Bauer Rüben, bekam der Teufel das Kraut, dann hatte er das Untere haben wollen, pflanzte der Bauer Korn und der dumme Teufel bekam wieder nichts.

Turaser.

— — Hm... So dumme Teufel giebt es gar nicht mehr.

Bartel.

Giebt es denn einen Teufel?

Turaser.

In jedem steckt der Teufel. Das sind die bösen Gedanken, die Falschheit, die Schlechtigkeit — —

Bartel.

Und ein Engel?

Turaser.

Das ist der gute Sinn, die Ehrlichkeit, der eine sagt so, der andere so — — — da weiß man nicht.

Bartel.

Man muß immer auf den Engel hören.

Turaser.

Ja, wenn man nur wüßt, welcher es ist, der gute und der schlechte, sie sind manchmal wie die Brüder, nicht zum Auseinanderhalten: einer wie der andere. —

Bartel.

So frag die Mutter. — Ich werde ihr es sagen — ja?

Turaser.

Schweig nur. — Der Schimmel will, der Adolf will, alle wollen. — Unrecht, Unrecht! — Sie werden alle gehn — ob so oder so! — — Barti — — wie ist das? Thue recht — — —

Bartel.

Und scheue niemand.

Turaser.

Ja, wem recht? Mir recht oder den andern recht — — Thue recht? — Das könnt ein jeder sagen! — Und wenn ich mir recht thue, thu ich dem andern unrecht? Oder thu ich beiden recht? Und wenn ich dem andern recht thu, thu ich mir recht? — — — Wen ich scheu — — dem weich ich aus — ganz einfach, ich scheue, — das ist dumm. Sie scheuen mich! — Ich scheue niemanden, wozu, hab mein Geld in der Taschen ... und hab recht gethan! —

Bartel (ängstlich).

Pappi ... red nicht fort so ... Pappi! — —!

Turaſer (matt).

Fürcht dich nicht, Barti.... (zu ſich): fürcht ich mich ſelber genug. — Sie wird mich hineinreiten. — Weiber, Weiber...! — Verfluchter Hund! — — Aber was! — Er! — Er will ſich retten. — Wer erſaufen ſoll, ſchreit. — (Aufgeregt.) Aber ich! — Aber ich!

(Marie und Anna Zelber treten raſch ein und beginnen laut. Sie ſind gefällig gekleidet, Anna mit einer Nuance ins Auffällige, machen aber im ganzen den Eindruck der Anſtändigkeit.)

Marie.

Da iſt er! Alſo, Turaſer, wir kommen noch ein=
mal zu dir vor morgen.

Turaſer.

Na, wenn ihr kommt — — iſt recht. Generalprobe brauchen wir keine.

Marie.

Generalprobe! —

Anna.

Was ſagt er?

Marie.

Generalprob hör ich. — Deswegen kommen wir gar nicht her. Aber ich will dir nur ſagen, wenn es ſchief geht — —

Turaſer.

Na, ſo geht's ſchief!

Marie.

Uns kann es alles eins ſein.

Turaſer.

Eben drum.

Marie (pitiert).

Ich bin beim Klitzer Ausnäherin!

Turaſer.

Sakerment, haſt du eine Protektion!

Anna.

Die Tant! — —

Turaſer.

Ah, die Tant — die Frau Meiſterin! —

Anna.

Und ich bin wo ich war. Ich werd aber auch hinkommen, wenn nur ein Platz frei iſt.

Marie.

Wir brauchen uns nicht mehr in eurer ſchmutzigen Färberei herumſchmieren, hinter der Kontinue und beim Spannen auf dem kalten Dachboden und beim Buttentragen und lauter ſolche feine Geſchäfte! — Himmel, wie bin ich froh, daß ich erlöſt bin! Mein heiliger Joſef! — Das war ein Leben! — Das werd ich nicht vergeſſen.

Anna.

Das Aergſte war die Farb! —

Marie.

Da ſchau her (ſie zeigt die flache Hand und deutet auf die Falten) und da (ſie zeigt den Hals und das Auge) — noch heute

will es nicht fortgehen; was habe ich gerieben alle
Tage mit dem Kalk und gewaschen! Was hat es ge=
nutzt? Nächste Stund bin ich wieder herumgegangen
wie der alte Adolf. Und dann die Kälten im Winter,
und die Sekatur mit dem ewigen Untersuchen beim
Hausmeister und der Kleppl. —

— Der Kleppl!

Anna.

Turaser (ruhig).

Hab ich euch denn geraten, daß ihr zu uns gehen
sollt? — Habt ihr mich gefragt, bevor ihr gekommen
seid und wie ihr weggegangen seid? — Uebrigens, du
(zu Anna) warst ja gar nicht dort. Du hast erst hin=
kommen wollen. — —

Anna.

Gott sei Dank, daß ich nicht dort bin.

Turaser.

Ihr macht's beide, als hätt' ihr mir einen Ge=
fallen gethan. Meinetwegen laßt euch in Baumwoll
wickeln.

Marie.

Wir sagen dir's ja nur. — — Aber weißt —
darfst ja nicht glauben, daß ich dir's nur sag — ich
mein, ihr seid auch selber daran schuld, daß ihr es
dort so miserabel habt, ihr seid lauter alte Weiber.
Ja, alte Weiber, das ist das rechte Wort für euch.
Herrgott, wenn ich ein Mann wär, mir dürft kein so

ein Kleppl aufkommen, nein, das kannst gewiß
sein. — —

Turaser (ironisch).

Entweder — oder? —

Marie.

Fopp nur! Warum ist es denn bei euch in der
Fabrik so, und warum gerad in der Färberei am
ärgsten? Weil der Helfer vom Drucker, wie er ein=
mal hat mehr haben wollen und er hat es nicht be=
kommen, gleich weggegangen ist und hat den Drucker
allein schleifen lassen. — Gleich sinds um ihn ge=
kommen. Und die Schlichter, das sind halt ganz andere
Leut als ihr! —

Turaser.

Wir sind halt schon so arme Hascher, mußt schon
verzeihen.

Marie.

Deshalb grad hat es mich gefreut, daß ich euch in
die Höh gebracht hab. Morgen wirst mich erst kennen
lernen, da werd ich mein Maul schleifen, daß ihnen
hören und sehen vergehen wird. Der Schuft, der alte!
— Pfui! — Die Leute schinden und ihnen nichts be=
zahlen und strafen, wie wenn man das Geld hätt zum
Fenster hinauszuschmeißen. Da kann ich mich erinnern,
war dir so eine kleine, eine vom Land, so ein stilles,
ruhiges Mädel und giebt ruhig in die Maschin und
zieht ordentlich die Falten grad, da kommt er und sie
sieht sich in der Minuten um: fünfzehn Kreuzer Straf,

ich werd dir zeigen auf die Arbeit schaun! Was das Mädel damals geweint hat um die fünfzehn Kreuzer. Und solche Tyranneien laßt ihr euch gefallen! — Seids Husaren! —

Turaser.

Kann ich dafür? — Vergiß nicht, das ist ja mehr ein Handlangergeschäft, das lernt jeder in einer Wochen; das ist keine Druckerei und keine Spinnerei und keine Schlichterei! Der Meister schafft an, und die Arbeiter müssen es so machen.

Marie.

Du kannst dafür! Zusammenhalten! — Alle auf einmal um Zulag gehn, den Kleppl anbrummen! Aber ihr traut euch nicht. Aber morgen muß er springen. Er muß! Er hat einmal die Anna mit Gewalt haben wollen, — das ist ganz gut für morgen, dann hätt er sie gern bei sich gehabt in der Färberei, oh, ich schenk ihm nichts. Der wird an mich denken.

Anna (lächelnd).

Er ist halt schon lang Wittiber.

Marie.

Er soll sich eine Alte suchen, der Gasbock! —

Turaser.

Wegen euch ist der ganze Streik losgebrochen. Und ihr beide seid gar nicht mehr bei uns und wollt nicht bei uns sein und seid froh, daß ihr das schmutzige Geschäft nicht mehr braucht. Wir sitzen jetzt drinnen und müssen die Suppen auslöffeln, die ihr beide eingebrockt habt. Was liegt euch daran, ob es so ausgeht oder anders, was kümmert's euch, ob der Kleppl wieder bei uns Meister wird, ob uns der Direktor wieder aufnimmt; ihr sitzt im Trocknen. Was sollen aber wir machen, seit vierzehn Tagen keinen Gulden Verdienst!

Marie.

Thut's dir vielleicht gar leid, daß es dem Kleppl an den Kragen geht?

Turaser.

Es geht uns mehr an den Kragen als ihm.

Anna.

Das ist wahr. Er hat ja Vermögen. Der Direktor soll ihm tausend Gulden schuldig sein.

Turaser.

Wenn nicht mehr.

Marie.

Daß du das nicht einsehen willst, daß es einmal hat brechen müssen! Wär es nicht diesmal gewesen, so ein andermal. Daß ihr es jetzt angefangen habt, ist ja gut, eine so schöne Gelegenheit kommt nicht mehr, es vor dem Gericht zu sagen, was das für ein sauberer Herr ist, und eure Sach vor die Oeffentlichkeit zu bringen. Wenn dir das nicht ansteht, ist dir nicht zu helfen.

Anna.

Alle kommt ihr wieder in die Arbeit zurück.

Turaser.

Das muß erst abgewartet werden.

(**Albine Turaser**, rasch eintretend und sofort dem Säugling zuschreitend.)

Albine.

Mein Pupperl — — mein kleines! — Schlaft mein kleines Mauserl — (nimmt es auf den Arm), schlaf nur mein kleines, schlaf! — So, so! — Mein Putzerl, mein braves, wie es auf die Mama wartet, mein kleines Engerl. No, schlaf! — (Sie stellt sich zu Bartels Bett.) Was machst denn du? Hast die Medizin genommen?

Turaser.

Er will lieber Würstel haben.

Albine.

Ja, Würstel! Ein Breinkasch gehört für dich und eine ordentliche Milch.

Bartel.

Ich mag das nicht!

Albine.

Du mußt, hat der Doktor gesagt. Auf Naschereien haben wir jetzt kein Geld. Grüß euch Gott! Was machts denn ihr bei uns? Dir muß man ja gratulieren, du bist in der Ausnäherei; das glaub ich, daß das besser ist als färben. Schauts die Anna an, was die sich herausputzt!

Anna.

Die paar Fetzen. Ich bin sie eh noch schuldig.

Albine.

Erlaub, das ist ja eine feine Blousen, ei, ein nobles Tascherl.

Anna.

Ich bin's noch schuldig, sag ich.

Albine.

Macht nichts, nobel muß die Welt zu Grund gehn! (Zu Turaser:) Und nicht einmal hat's geweint, mein Hascherl, um die Mama? Mein gutes?

Turaser.

So um Viere. Da haben wir ein gutes Tellerl Milch mit einem Einbrockten schnabuliert, und jetzt werden wir schon fortschlafen. Aber der, der hat alle möglichen Gelüst.

Albine.

Sei brav, Barti, morgen bring ich dir deine Würsteln, daß du schon deinen Willen hast.

Bartel.

Ja, das sagst jedesmal, du foppst mich nur so.

Albine.

Nein, nein, morgen ganz sicher. Bist mein gutes Burschi, ich denk schon an dich, glaub ja nicht, Barti! — Ich weiß schon, was dir gut ist und was du schon essen darfst und was nicht. Bist ja nach einer schweren Krankheit, kann dir leicht was schaden.

Turaser.

A Eichkatzel will er haben.

Marie.

A gebratens?

Turaser.

Ordentlich lebendig soll es sein.

Albine.

Kriegst ein Eichkatzel, nur hübsch dem Doktor folgen, daß du bald gesund wirst. Arme Leute dürfen nicht krank sein. Immer nur rasch auf die Füß! — Wenn's der Herr Doktor erlaubt. — Gut nähren soll man das Kind, nur gut nähren, sagt er mir, ja aber um Gottes= willen, woher das Fleisch nehmen und den Schinken und ein frisches resches Semmerl und einen guten Apfel? Ja, das brauchet er, das möcht ihm gut thun, meinem Bubi. — Wißt ihr, was ich im Sack hab? Fünfzehn Kreuzer! (Geht einige Schritte.) Jesus, du im Himmel, heilige Mutter, vergiß uns nicht, vergiß uns nicht! Hab ein Erbarmen! —

Turaser.

Der Himmel weiß nichts von uns.

Albine.

Und bei dem allen eine so schlechte Ketten! Weiß Gott, das Garn wird immer schlechter, fortwährend reißt es, ewig das Binden. Wie ich ihn gebeten hab, er soll mir doch die alte Ketten geben, nein, die alten Weberinnen müssen mit dem neuen Garn anfangen, die jungen kommen gar nicht vom Fleck! —

Marie.

Nun also, so muß er doch ein Zulag geben, wenn er weiß, daß das Garn zu nichts ist.

Albine.

Wenn sich niemand traut.

Anna.

Man muß sich trauen.

Marie (zum Fortgehen sich aufmachend).

Also, Turaser, morgen sehen wir uns. — Morgen! Ich werde ja nach der Verhandlung herkommen. Adieu.

Anna.

Wenn ich es nur schon vorüber hätt. Vor allen Leuten solche Geschichten...

Turaser.

Na, na! —

Anna.

Also wir gehn; grüß euch Gott, Kinder. (Zu Parti und auf das Kleine einen Blick werfend:) So ein hübsches Mäderl... Adieu!

(Anna und Marie Zelber ab.)

Turaser.

Wie gefallen dir die?

Albine.

Gar nicht. Wo nehmen die die neuen Joppen her und die feinen Röck?

Turaser.

Oh — — sind anständige Mädeln.

Albine.

Ich sag ja nichts.

Turaser.

Wie sie sich gegen den Kleppl gestellt haben, das ist der Beweis.

Albine.

Das beweist gar nichts. Wenn die Marie gewußt hätt, es hört niemand, wer weiß, ob sie gleich so großgoschet worden wär.

Turaser.

Meinst?

Albine.

Aber das ist doch gewiß. Wie du nur so fragen kannst. Du kennst ja die Mädel nicht. Das red sich so etwas selber ein und glaubt nach einer Weile selbst daran.

Turaser.

Weißt, was ich gehört hab? Also der Kleppl ist zum Meixner gekommen.

Albine

(in höchster Spannung, während der sie das Kind stets auf den Armen bewegt).

Zum Meixner? — Der Kleppl! — Da schau einer. Er soll zu ihm halten!

Turaser.

Er soll zu ihm halten. Wenn er ihn rausreißt, so kriegt er einen Hunderter sofort auf die Hand. Und wenn die Arbeit wieder anfängt, eine Zulag, die dafür steht.

Albine.

Hör auf!

Turaser.

Ja. Was sagst denn dazu?

Albine.

Und der Meixner —?

Turaser.

Der Meixner hat ja gesagt.

Albine.

Hat er? — Im Ernst?

Turaser.

Nun, was sagst dazu?

Albine (fassungslos).

Der Meixner, ... der Meixner — — wer hätt das geglaubt von dem Menschen. So ein ordentlicher Mensch! — Aber — hundert Gulden sind hundert Gulden! Du mein lieber Gott! — Also der Meixner hat ja gesagt. — Aber er ist doch ein Lump, die andern so im Stich zu lassen. Das gehört sich doch nicht. — Und warum ist der Kleppl nicht zu dir gekommen, warum gerad zum Meixner? Du hättest ihm ja viel

sicherer helfen können als er, das ist doch gewiß! Also
zum Meixner. Siehst, der wird was davon haben,
siehst, der wird die Schmetten haben, und ihr könnt
aufs Messer pfeifen. Ja, weil er sich zu dir nicht
getraut hat, weil er weiß, daß du zu ehrlich bist für
so etwas; an den Lumpen hat er sich getraut. (Litter:)
Siehst, das hast von deiner Ehrlichkeit! Ja, ehrlich
sein, das ist schön, o ja, gewiß, mir gefällt es auch,
aber haben muß man dazu! Was haben und ehrlich
sein, das trifft bald einer. Aber so wie du, und sich
auf den Werweißwas herausspielen, das geht nicht.
Ich hab dir es ja immer gesagt, es wird dir noch
schlecht gehen, wirst dir noch die Zähne raußbeißen! —
Ich geb meinen Charakter nicht auf! — Mein lieber
Freund, zu solchem Lucus geht es uns nicht gut genug.
Bis es dir besser geht, dann kannst deinem Sport nach-
gehen, bis wir alle zu essen haben, dann kann der
Hausvater sagen, ich hab einen Charakter, aber früher
nicht! — Nein früher nicht! — Schau den Meixner
an, wer wird ihm es beweisen — dem Schuften! —
Aber erschlagen soll man ihn, erschlagen, den Ver=
räter! —

Turaser.

Nur nicht gleich erschlagen, sonst müßt ich ja auch
erschlagen werden. Bei mir war er auch.

Albine.

Hörst, bist du aber ein verfluchter Kerl. Warum
sagst das nicht gleich?

Turaser.

Wirst schon sehen. Ich krieg, wenn die Arbeit anfängt, einen Gulden siebzig.

Albine.

... ja ...

Turaser.

Einen Gulden siebzig auf den Tag krieg ich ...

Albine.

... No ... und ...

Turaser.

Und auch hundert Gulden! —

Albine.

Jesus, Marie, Josef! Warum sagst das nicht gleich. Es wird mich noch der Schlag treffen mit dir! —

Turaser (traurig).

Ja, das hat er gesagt!

Albine.

Und du, was hast du gesagt?

Turaser.

Ich — — nichts.

Albine — (wortlos).

Turaser.

Ich will dich also nicht weiter spannen. Der Kleppl war hier. Er hat mir gesagt, wenn ich morgen

für ihn bin, so giebt er mir zweihundert Gulden und
eins siebzig.

Albine.

Und der Meixner? —

Turaser.

Ist alles nicht wahr. Jetzt bin ich neugierig, was
du sagen wirst —?

Albine
(geht mit dem Kinde nahe an ihn heran, der ihr mit dem Rücken halb
abgewendet steht und bricht in Thränen aus).

(Pause, während der man nur das unterdrückte Schluchzen des
Weibes hört.)

Albine.

Die Leute können es ja nicht mehr aushalten. Ob
so oder so, sie werden alle wieder in die Arbeit gehen.
Wem ist damit geholfen, wenn der Kleppl verurteilt
wird? Was kümmern sich die Leute viel darum?
Höchstens die Zelberischen, die schon ohnehin nicht mehr
in der Fabrik sind, den andern ist es ja gleich. Warum
sollen wir also nicht etwas davon haben, was nie=
mandem schadet!

Turaser.

Dem guten Namen schadet's.

Albine.

Wer wird etwas davon wissen?

Turaser.

Was? — Wenn ich zu seinen Gunsten aussag?

Albine.

Du kannst dir es ja überlegt haben! Oder im letzten Augenblick bist deiner Sache unsicher worden und hast dich nicht getraut, unsicher zu schwören! — Und wenn auch! — Glaubst, die Leute haben nichts Anderes zu thun, als fortwährend an dich zu denken? — Die Menschen reden eine Wochen, nicht einmal, drei Tage davon, dann spricht noch manchmal der eine oder der andere, und nach einem Monat ist alles vergessen. Die Menschen vergessen alles, sie reden viel, aber sie merken sich nur das, was sie angeht. Dann kommt ein frischer Streik, wieder Aufsehen, wieder Verhandlungen, dann stirbt der eine, der andere kommt weg, der geht in eine andere Stadt und langsam ist es vergessen. Und dann, beim ärgsten bleibt man hübsch zu Haus, kümmert sich um nichts, in einem Vierteljahr ist das ganze Wasser abgelaufen. Und wir haben uns geholfen. Ja, wir könnten einmal aufatmen!

Turaser.

Jetzt kann ich aufatmen und jedem ins Aug sehen mit gerechtem Gewissen.

Albine.

Wer giebt dir was für das gerechte Gewissen? Borgt dir der Greisler einen Gulden darauf? — Kriegst einen höheren Verdienst auf den Tag? — Und wenn du unter der ganzen Sippschaft fünf Gulden nur zehnkreuzerweis verborgst, bist nicht ein größerer Ehrenmann als jetzt mit dem Gewissen? Und hast sie alle im Sack!

Turaser.

Hast ja selbst gesagt, der Meixner ist ein Schuft, der Meixner bin ich.

Albine.

Wer ist der Schuft, der, der seine Kinder und sein Weib elend läßt zu Grunde gehn, oder der sich hilft und niemandem damit schadet? Wem schadest du denn? Allen hilfst du. Den Kameraden, weil die jetzt anständigerweis das Thor offen haben, wo sie wieder zurückkommen können, wo sie doch schon so gern zurückkommen wollten; dem Kleppl hilfst, dem Direktor hilfst, dir hilfst, und deinen Kindern hilfst auch. Und wem schadest? Niemandem! — Einer oder der andere wird machen, als ob er eine Wut hätt, aber nur zum Schein; innerlich wird jeder froh sein, wieder in der warmen Färberei zu sitzen. — Denkst denn gar nicht daran, daß du ein Familienvater bist? Vergißt denn, daß der Varti nach einer schweren Krankheit ist, daß ich das arme Kind muß die ganzen Monate allein lassen, und daß mir die Brust ausgetrocknet ist? Hast denn für uns gar kein Gefühl?

Turaser.

Gerade genug.

Albine.

Das ist noch die Frag.

Turaser.

Euch Weiber bringt ein bißchen Geld um den Verstand. Wie die Kinder greift ihr darnach, weil es glänzt und den Augenblick befriedigt. Nachdenken, gerad bis zum nächsten Tag, darüber hinaus fängt eine neue Welt an. Was wirst denn mit dem Geld machen?

Albine.

Ein Geschäft richt ich mir ein, eine Pfaidlerei. In der ganzen Gassen bis zur Brücke und im Dorf ist keine.

Turaser.

Siehst! — Dazu müßten wir von da ausziehen, denn da mitten auf der Landstraßen wirst doch keine Joppen und Schürzen und Hemden verkaufen? Und steht das dafür? — So hätten wir das Geld rein zum aufessen.

Albine.

Freilich, zum aufessen. Langsam aufessen, das ist das beste, das hat einen Sinn. Essen, trinken und gesund bleiben und einen Kreuzer in der Taschen haben: das giebt dem Menschen einen ordentlichen Rückenhalt! — Und auf das, was die Leut reden, auf das gieb ich gar nichts, und du giebst darauf zu viel. Ich will, daß meine Kinder munter sind und springen, du willst sie umkommen lassen. — Und dann? — Hast du es denn wirklich gehört? — Es ist dir nur so vorgekommen, daß du es gehört hättest! — Das hast du mir selber gesagt; und dann ist die Marie Zelber herausgekommen

und hat dir etwas gesagt und bums Belegrad! Der
Zeuge war fertig! — Hast du es wirklich und wahr=
haftig mit deinen eigenen Ohren, so wie es die Zelber
will, gehört?

Kleppl.

(rasch eintretend, so, als ob er an der Thüre gehorcht hätte).

— Das ist es ja eben, was ich sag: kann er es
denn wirklich beeiden, was er für die Zelber beeiden
soll? (Er macht die Thüre vorsichtig hinter sich zu und dreht den
Schlüssel um.)

Turaser.

— Das ist kein Gehörtsich, Herr Kleppl, an der
Thür horchen!

Kleppl.

Sie vergessen, ich bin wie im Krieg, da darf man
nicht viel fragen, ob was schön ist oder nicht. Hören
sie noch einmal und sie, Frau Turaser, auch, was ich
ihnen sag: Die ganze Sache ist für alle Beteiligten
ganz aussichtslos und ohne jeden Nutzen. Ich sag es
ihnen gerade zu, wenn ich auch Unglück hab, deshalb
müssen die andern doch keinen Vorteil davon haben.
Wenn ich aber wegkomm, so ist alles in Ordnung.
Hier (er zählt einige Banknoten auf den Tisch), das Geld. Schöne
zweihundert Gulden. Sie sind ein verwendbarer,
fleißiger Arbeiter, fängt die Arbeit wieder an, und
das kann schon übermorgen geschehen, das hängt einzig
von ihnen ab, dann bekommen sie einen Gulden siebzig
auf den Tag.

Turaser.

Und die andern.

Kleppl.

Das lassen sie meine Sorge sein. Dagegen versprechen sie, morgen, als der einzige Zeuge, zu sagen: Ich glaube wohl gehört zu haben, ich kann es aber nicht beschwören.

Turaser.

... ich glaube wohl gehört zu haben, ich kann es aber nicht beschwören.

Kleppl.

Niemand wird davon wissen, nichts wird unter die Leute kommen, ich bin aus der Schlammastik, ihnen ist geholfen und den Leuten auch, denn die Arbeit fängt wieder an.

Albine.

Ja, Turaser, ja, folg dem Herrn Kleppl. Er hat recht, glaub mir.

Kleppl.

Sagen sie mir, Turaser, welche Gründe sie haben?

Turaser.

Ist es nicht genug Grund, daß es nicht ehrlich ist?

Kleppl.

Es ist ehrlich, es ist noch mehr als ehrlich, es ist zweckmäßig: weil sie sich helfen und niemandem schaden.

Turaser.

Nur dem guten Namen.

Kleppl.

Wer wird denn davon erfahren. Ich werde es niemandem sagen, das ist doch gegen mein Interesse, das versteht sich doch von selber. Und sie doch auch nicht! Vielleicht ihre Frau? — Also wer soll es dann sein, der ihren guten Namen schädigen wird. Ich seh niemanden.

Turaser.

Und was man von sich selber hält?

Albine.

Geh, hör schon auf damit.

Kleppl.

Ich sag es ihnen ins Gesicht zu, sie haben es nicht deutlich gehört und so gehört, wie es die Zelber behauptet. Aber wenn auch, ist denn das Bewußtsein, einen aussichtslosen Kampf zu Ende gebracht zu haben, nichts? — Alle die Leute, die jetzt nichts zu brechen und zu beißen haben, werden ja glücklich sein, zur Arbeit kommen zu können. Ist aber vielleicht das zu verwerfen, und schadet das ihrem Gewissen, wenn sie wissen, ihrer Familie geholfen zu haben? Und wer steht ihnen denn näher, als Weib und Kind? Ihr Weib wird zu Hause bei den Kindern bleiben können, die Kinder werden eine ordentliche Pflege haben, sie werden gesund sein und sie selber? — Glauben sie mir, es ist schon ganz gut und vorteilhaft, wenn man etwas bei den Menschen bedeutet, unter welchen man leben muß, wenn man anschaffen kann, wenn man der Vorgesetzte ist; und sie werden der Bestbezahlte sein und schon deswegen über den andern stehn. Geh ich weg, so treten sie einmal an meine Stelle, sehen sie denn dieses nicht ein?

Albine.
Denk an deine Kinder!

Turaser.
So schweig dich schon einmal aus! Dummes Weib! — Und die andern?

Kleppl.
Was wollen sie von den andern?

Turaser.
Werden sie nicht an den andern ihre Wut auslassen, werden sie nicht den Meixner und Zacharias entlassen und den Adolf, so wie seinerzeit den Kutschenreiter?

Kleppl.
Der Adolf ist kein Säufer, wie es seinerzeit der Kutschenreiter war.

Turaser.
Sie weichen aus — —

Kleppl.
Durch mein Zuthun wird niemand entlassen werden.

Turaser.
Sie müssen mir das Versprechen geben, daß alle in die Arbeit genommen werden. Sie müssen mir versprechen, daß sie niemanden entlassen werden.

Kleppl.

So weit es von mir abhängt, wird niemand entlassen werden. Alles bleibt, wie es war.

Turaser.

Und mich? Werden sie, wenn alle Gefahr vorüber ist, nicht darauf losarbeiten, mich in paar Monaten, in einem halben Jahr, in einem ganzen, hinaus zu bekommen?

Kleppl.

Wo denken sie doch hin?

Turaser.

Das hat man alles schon erlebt.

Kleppl.

Also das sind alles leere Befürchtungen. Kein Mensch denkt an so was.

Turaser.

— O, solche Gedanken kommen schon. — — Warum sind sie zu mir gekommen, warum haben sie sich niemanden andern ausgesucht? — Sie hätten ja vielleicht gegen mich zwei Zeugen aufgebracht? — Warum bringen sie mich in eine solche Not? —

Albine.

Herr Kleppl, hören sie nicht auf den Unsinn, gehen sie in Gottes Namen; er wird ihnen nicht schaden, weil er nicht schwören kann. Turaser, nimm eine Vernunft an! — Sei nicht so hartherzig — sei nicht so — (sie weint).

Turajer (zu Kleppl).

So gehen sie. Es soll so geschehen, wie sie es wollen.

Kleppl.

Sie werden es nicht zu bereuen haben. (Ab. Das Ehepaar steht eine Zeit lang schweigend.)

Turajer (nimmt das Geld und giebt Albinen eine Note).

Geh in die Stadt, aber nicht in der Nähe, in die Stadt geh und kauf ein gutes Fleisch.

(Pause.)

Zweiter Akt.

(Eine Flur, die ehemals die Tenne der Scheune war. Ein großes Thor, in das die Eingangsthür eingeschnitten ist, nimmt den größten Teil der rückwärtigen Wand ein. Rechts eine Thür zum Wohnzimmer Turasers. Links die Bansenwand, etwa 1 m hoch, die den Raum in zwei Teile teilt und vom linken Thürpfosten bis zur Rampe reicht; sie wird von einigen als Bank benützt. Das Licht fällt durch die Dachfenster und durch einige Mauerschlitze. Ein alter Tisch, zwei Bänke. Die Färber versammeln sich hier, um den Bericht des Streitkomitees entgegenzunehmen und das Resultat der Gerichtsverhandlung abzuwarten.)

(Adolf, Adolfin, Meixner, ein Mädchen, Naßwetter.)

Meixner.

Das ist das größte Glück für die Welt, daß sich die Arbeiter rühren. Sonst möchte ja nichts geschehen, niemand möchte fragen, was soll jetzt geschehen, was ist notwendig, sollen wir einen Handelsvertrag machen, ein neues Gesetz? Da passen sie immer auf, was wir sagen, was die Arbeiter wollen, und darnach richten sie sich ein.

Adolf.

Ist denn die Welt früher nicht gegangen?

Meixner.

Gegangen ist sie freilich, aber wie?

Adolf.

Gerad so mit wunden Füßen und mit Ach und Krach wie heute auch. Früher hat es arme Leut gegeben, jetzt hat's ihrer und werden immer sein. Und mit den schlechten auch so.

Meixner.

Es muß aber nicht sein! —

Adolf.

Es ist halt eine Partei mehr. Die wird das Kraut nicht fett machen.

Meixner.

Das ist eben der Unterschied, ihr, die aus der alten Zeit, meint, es muß so sein; weil die Menschen die paar hundert Jahr so gelebt haben, so müssen sie ewig so leben. Das ist aber nicht wahr. Wir Neuen sagen, das muß nicht sein, daß es Arme und Reiche giebt, das ist nur eine fehlerhafte Einrichtung. In der menschlichen Natur liegt das nicht, und darum kann es anders gemacht werden. Ganz anders!

Naßwetter.

Wir sind keine Partei, wir sind das Volk.

Adolf.

Wer nicht arbeitet, kriegt auch nicht zu essen.

Meixner.

So, und heute? Haben vielleicht die am meisten zu essen, die am meisten arbeiten? Gerad umgekehrt!

Adolf.

Dann wird es heißen, wann du nicht arbeitest Lump, kriegst nichts, mußt verhungern!

Naßwetter.

Und jetzt heißt es, Lump, wennst auch arbeiten willst, mußt verhungern!

Meixner.

Wenn du keine Arbeit kriegst und der Profit dir die Hälfte auffrißt. Das alles kommt mir so vor wie auf dem Exerzierplatz. Der eine läßt das Bataillon in der Front aufmarschieren und giebt als Marschziel: der Baum am Rand. Der Baum ist aber viel zu nah, und so kommen sich die Flügelmänner immer näher, je länger sie marschieren, und immer näher, und die ganze Linie kommt in Unordnung. Der andere aber sagt: Marschziel der Berg dort! — Da geht die ganze Linie hübsch gerad, und keines stößt ans andere. Das sind wir, und der Berg, das ist die Abschaffung der Armut! — Wir wollen die Armut abschaffen.

Adolf.

Dann mußt auch den Neid abschaffen. Und wenn der eine mehr arbeitet als der andere und mehr zu essen hat, so wird der andere auf ihn neidisch sein.

Naßwetter.

Wir wollen ja keine Engel machen, wir wollen nur, daß das Unglück, das nicht sein muß, was nicht in der menschlichen Natur ist, aus der Welt kommt. Wenn das möglich wär, was der Adolf meint, hätt es schon der liebe Gott gemacht.

Meixner.

Wir wollen es so einrichten, daß jeder ehrlich sein kann, wenn er ehrlich sein will.

Adolf.

Das kann jeder heutzutage auch sein.

Meixner.

Das kann er nicht sein. Beinah alle Verbrechen schreiben sich von der Not.

Adolf.

Unter den reichen Leuten giebt es auch Lumpen, die man einsperren muß; die haben keine Not.

Naßwetter.

Warum sperrt man sie denn nicht ein?

Meixner.

Weil nur die kleinen Diebe gehängt werden. Und wer nicht ehrlich sein will, der wird dann halt auch eingesperrt werden.

Adolf.

Wenn also alles beim Alten bleibt, so lassen wir es lieber. Mir alten Mann wird keiner mehr einen andern Kopf aufsetzen, ich bleib schon so wie ich bin. Und wenn ich wem Unrecht thu, was wollt ihr mit mir machen? Ich bin so aufgewachsen, ich bin als Färber noch auf die Wanderschaft gegangen, von Meister zu Meister, ich bleib schon so. Das was ihr da sagt, es mag ja alles recht schön sein, aber wir erleben es nicht mehr, und unsere Kinder und Kindeskinder auch noch nicht, und während dem hat sich die ganze Welt wieder geändert, was grün war, ist gelb worden und was schlecht, gut. — Wir müssen durch, durch die schwere Zeit, da nützt kein Weinen. Daß es gerade uns getroffen hat, und daß gerade wir den Wagen ziehen müssen, wenn der Weg am schlechtesten ist und die Sonne gar so brennt, das ist unsere Bestimmung. Wer weiß, wozu das gut ist.

Meixner.

Aber wehren muß man sich.

Adolf.

Wer es kann, soll sich wehren. Aber ausrichten wird er nichts.

Meixner.

Einer nicht, aber alle!

Adolf.

Alle! — Das schaut sich nur von weitem so an, es ist immer der eine, den es trifft.

Meixner.

Also soll man sich nicht wehren, soll man alles über sich ergehen lassen, als wär man eine Herde Schaf, hat man nicht Pflichten gegen die andern?

Adolf.

Du sorg nur für dich selber. Wer hat dir denn den Auftrag gegeben, für andere zu sorgen? Kommt eine andere Zeit, so wird die wieder einen andern Kummer haben.

Meixner.

Schau, Adolf, ich kann aber nicht für mich sorgen, ohne auch den andern zu helfen. Wie oft ist jeder von uns zum Kleppl gegangen, er hat nicht wollen! — So haben wir alle zusammenhalten müssen, gezwungen, weil der eine allein nichts ausgerichtet hat.

Adolf.

Glaubst, wir werden alle zusammen was gegen den Kleppl ausrichten? Wenn du es glaubst, dann bist am Holzweg.

Naßwetter.

Das werden wir über heut und morgen schon wissen.

Adolf.

So lang haben wir noch die Hoffnung.

Meixner.

Es wird sich alles im Guten auflösen.

(Zacharias mit anderen Arbeitern tritt auf.)

Zacharias.

Auf dem Wege in die Stadt, heute früh, begegne ich dem Turafer, der sagt mir, so ganz auf das Gewisse weiß er es nicht, beschwören könnt er es nicht, hör ich, das was die Marie Zelber sagt. Ich schau ihn an, na hörst! —

(Pause.)

Meixner.

Das wird er nur so gesagt haben.

Adolfin

(spricht ihrem Manne leise ins Ohr, der dann abwehrend den Kopf schüttelt).

(Es treten allmählich sämtliche Färber auf. Die meisten mit einfachem Gruß, einige schweigend, ohne das Haupt zu entblößen, einige ein Kind an der Hand führend, Weiber, zwei mit Kindern auf dem Arm, im Ganzen etwa vierzig Personen. Meixner breitet indessen einige Papiere auf den Tisch. Die Versammlung verharrt lautlos.)

Meixner.

Wie ihr euch erinnern werdet, hat man mich, den Adolf und den Naßwetter vor vierzehn Tagen in das Komitee gewählt, das die Gelder einzunehmen und zu verteilen hat. Wir erhielten damals den Auftrag, zu einer geeigneten Zeit Rechnung zu legen und einen Bericht zu erstatten. Wir haben also den heutigen Tag dazu bestimmt. Wer eine Beschwerde vorzubringen hat, der soll es hier gleich vor allen sagen, daß wir in Ordnung kommen. Dann wird die Rechnung geschlossen. Also: wir sind im Ganzen Färber fünfunddreißig

Personen in den Ausstand getreten und haben jetzt die zweite Woche hinter uns. Wir haben eingenommen und den Empfang durch die Zeitung bestätigt: Von der Gewerkschaftskommission einen einmaligen Beitrag von fünfzig Gulden. Dazu ist zu sagen, daß die Kommission selbst sehr wenig zur Verfügung hat, und nur weil die Prüfung ergeben hat, daß wir nur durch die ärgste Not gezwungen in den Streik gegangen sind, so hat man uns diesen Betrag bewilligt. Andere bekommen weniger, die meisten gar nichts. Also das sind fünfzig Gulden. Die haben wir am 2. Dezember bestätigt. Hier liegt der Brief von der Kommission, und kann ihn jeder lesen, daß es wirklich fünfzig Gulden waren. Dann haben die Arbeiter aus unserer Fabrik im Geheimen gesammelt, und zwar nach jeder Auszahlung hat jeder so viel gegeben, als er hat geben können. Es sind im Ganzen zweiundfünfzig Gulden sechsunddreißig Kreuzer eingekommen. Dann sind eingekommen von den Färbern bei Gasparides & Comp. vier Gulden, von der Appreturfabrik Rabitzky drei Gulden fünfzig Kreuzer; private Spenden durch die Zeitung zwei Gulden achtzig; ein unbekannter Wohlthäter drei Gulden. Summa: hundertfünfzehn Gulden sechsundsechzig Kreuzer. Hat jemand etwas dazu zu sagen?

(Nach einer Pause:)

Zacharias (verlegen).

Ich möcht nur ... also — also ich möcht nur bemerken ... (stockt, setzt sich).

Meixner.

Zacharias hat das Wort.

Zacharias.

Also, ich mein, wir bedanken uns... Ich stelle den Antrag, wir bedanken uns.

Meixner.

Es ist sehr schön vom Zacharias, daß er den Antrag stellt. Wir haben uns schon überall schriftlich bedankt, aber es ist gut, daß die Versammlung, daß ihr alle davon wißt, und daß wir dann noch einmal, nicht als Komitee, sondern alle uns dafür bedanken. Wer dafür ist, der hebe die Hand.

(Alle heben die Hand.)

Meixner.

Jetzt kommen die Ausgaben. Wir sind überein gekommen, daß jeder Ledige seinen Gulden auf die Woche bekommt und jeder Verheiratete einen Gulden fünfzig Kreuzer. Wir haben also bis jetzt den Ledigen dreißig Gulden und den Verheirateten sechzig alles in allem ausbezahlt. An Briefporto siebzig Kreuzer; andere Spesen sind keine. Es bleiben also noch vierundzwanzig Gulden und sechsundneunzig Kreuzer, also beinahe fünfundzwanzig Gulden in der Kassa. Wer wünscht zu den Ausgaben das Wort?

Eine helle Stimme (ruft).

Verteilen.

Meixner.

Jemand hat gerufen: verteilen. Ich mache darauf aufmerksam, daß es sich jetzt um die bisherigen Ausgaben handelt, dann kommt erst zur Sprache, was mit den fünfundzwanzig Gulden geschehen soll.

Dieselbe Stimme.

Verteilen! (Gemurmel.)

Meixner.

Wer ruft dort. Mir scheint's es ist die Wohanka.

Eine Stimme.

Sie hat keine Zeit, die Mutter ist krank.

Meixner.

Also, hat jemand sein Geld nicht bekommen?

Die Stimme.

Ich hab nur zwei Gulden bekommen.

Meixner.

Wer ist das? — Der Hackl. Bist ledig, Hackl? — Ist er ledig? (Rufe: ja!) Dann also kann der Hackl nicht mehr bekommen. Er soll ein anderes Mal die Ohren besser aufmachen.

Eine Stimme.

Ich hab den ersten Gulden verloren.

Meixner.

Die Anna Klitsch hat einen Gulden verloren. Wenn ich sie recht verstehe... Was will die Klitsch?

Die Stimme.

Ich kann nichts dafür, ich bitt, ich glaub, es hat ihn mir jemand genommen. (Schluchzt laut. Gemurmel.)

Meixner.

Also die Klitsch will noch einen Gulden haben. Darüber könnt ihr jetzt entscheiden, ob sie den Gulden ersetzt haben soll. (Ungünstiges Gemurmel.) Wer dafür ist, daß die Klitsch noch einen Gulden bekommt, der hebe die Hand. (Pause. Niemand hebt die Hand.) Niemand ist dafür. Sie soll ein anderes Mal besser acht geben. Jetzt frag ich, hat noch jemand was zu sagen?

Eine Stimme.

Ich möchte bitten, bekomme ich von der Krankenkasse etwas? Ich bin schon fünf Tag krank.

Meixner.

Sie bekommen eine Unterstützung, nachdem sie noch Mitglied der Kasse sind. Aber das gehört nicht her. Hat jemand was gegen die Ausgaben?

Eine helle Stimme.

Verteilen!

Meixner.

So glaube ich, daß ihr zufrieden seid.

Zacharias.

Ich bitt ... wir danken dem Komitee.

Adolf.

Dem Komitee ist nicht zu danken — glaub ich.

Meixner.

Der Zacharias soll im Namen der Versammlung unterschreiben, daß die Ausgaben in Ordnung und richtig sind. Er kann das aber thun, bis wir den letzten Punkt erledigt haben. Was soll mit den fünfundzwanzig Gulden geschehn? (Pause.) Ich mache darauf aufmerksam, daß dieses Geld unser letztes ist. (Pause.)

Adolf.

Da geht es vorher darum: soll weiter gestreikt werden oder gehn wir morgen in die Arbeit.

Naßwetter.

Da sollt man doch vorher abwarten, wie die Verhandlung ausfällt.

Ein Weib.

Was hat denn die Verhandlung und was hat der Streik mit den fünfundzwanzig Gulden zu thun? Wir brauchen die paar Kreuzer! (Bewegung.)

Stimme.

Verteilen! Deshalb sind wir gekommen.

Meixner.

Ich hab schon gesagt, es ist die letzte Verteilung. Nachher ist aus!

Naßwetter.

Wer ist für die Verteilung?
(Bewegung. Rufe: „Verteilen, Alle".)

Meixner.

Ich hab schon in Erwartung, daß es so kommen wird, das Geld mitgebracht. Wir haben wieder jedem Ledigen sechzig Kreuzer und jedem Verheirateten achtzig Kreuzer verrechnet. Hat jemand dagegen etwas einzuwenden? Wenn nicht, dann wird der Naßwetter jedem sein Bißl einhändigen. (Er giebt ihm die geschlossenen Päckchen, die Naßwetter sofort austeilt. Da einige im Begriffe sind fortzugehen, ruft):

Naßwetter.

Dableiben! — (Ihm nach, einige andere: Dableiben! Pause.)

Meixner.

Es handelt sich jetzt darum. Was hat weiter zu geschehen? — Es muß einig vorgegangen werden. Gehen wir also morgen in die Arbeit oder nicht?

Adolf.

Ich geb euch zu bedenken, daß heute das Letzte verteilt worden ist. Wir haben auf gar nichts mehr zu greifen. Ich weiß, jeder ist beim Greisler schon so viel schuldig, ich weiß aber nicht, ob jeder beim Greisler noch Kredit hat. Also es ist wahr, daß man eigentlich warten soll, bis der Prozeß aus ist, daß man weiß, wie es ausgegangen ist, vielleicht läßt sich doch noch etwas herausschlagen. Aber, wiederum, wir sind jetzt alle beisammen. Jeder will weg, jedem dauert es schon zu lang. Und Entscheidung muß sein. Also —
(Schweigen.)

Zacharias.

So soll der Adolf selber sagen, was er meint. Und der Meixner.

Adolf.

Also wenn ich schon sagen soll, und wenn ich aufgefordert werde zu sagen, so — ich bin ein alter Mann, ich hab Erfahrung, ich sag, gehn wir's morgen an. —

Naßwetter.

Ich glaub, eine Wochen könnten wir schon noch aushalten. Vielleicht steuern die aus der Fabrik doch noch etwas zusammen. — Und ich sag: Nieder mit den Tyrannen!

Meixner.

Das ist alles recht schön, wir rufen auch recht gern: nieder mit den Tyrannen, aber essen muß man ...

Eine Stimme.

Gehn wir's an!

Meixner.

Es muß ein Antrag gestellt werden.

Ein Mädchen.

Ich stelle den Antrag, wir melden uns morgen; wir werden sehn, was man uns sagen wird.

Adolf.

Ich geb euch zu bedenken, daß es heute schon der fünfzehnte Tag ist, daß wir weg sind ...

Meixner.

Es liegt ein Antrag vor. Wer dafür ist, daß sich morgen wieder alle in der Färberei einfinden, der hebe die Hand. (Der größte Teil hebt die Hand.) Der Antrag ist angenommen. — Morgen früh alle in die Arbeit.

Alle. — (Der Buchhalter, von einem Manne begleitet, der die Arbeits= bücher trägt, tritt auf. Die Blicke aller richten sich auf ihn. Alles hört starr zu.)

Buchhalter (auf Meixner zugehend).

Hier bringe ich den Leuten die Arbeitsbücher. Legen sie her, es sind fünfunddreißig.

Meixner (laut).

Was kümmern denn uns die Arbeitsbücher?

Buchhalter.

Sie gehören doch den Leuten und ihnen auch.

Meixner (heftig).

Nehmen sie die Arbeitsbücher nur gefälligst mit, Herr Buchhalter. Die brauchen wir nicht.

Buchhalter.

Bedaure sehr, ich habe den Auftrag, hier die Arbeits= bücher jedem einzelnen einzuhändigen, und ich führe diesen Auftrag aus.

Meixner.

Oho, so steht die Sache nicht. Die Arbeitsbücher bedeuten die Kündigung.

Buchhalter.

Jawohl. — Die Kündigung ist bereits gestern Abend erfolgt. Die Zurückstellung der Bücher ist nur die Verständigung über die Kündigung.

Naßwetter.

Das ist eine Gewaltthat.

Meixner (ruhig).

Herr Buchhalter, ich gebe ihnen zu wissen, daß die hier anwesenden Arbeiter der Färberei, es fehlt höchstens einer oder zwei, beschlossen haben, morgen anzutreten.

Buchhalter.

Ja, das ist möglich, das ist sogar sehr vernünftig, aber sie begreifen, ich bin machtlos! — Ich kann höchstens dem Herrn Direktor mitteilen, daß dieser Beschluß gefaßt worden ist, aber meinen Auftrag muß ich ausführen.

Adolf.

Sie können es ja wieder zurücktragen, sie haben uns nicht gefunden, wir haben die Büchel nicht nehmen wollen, oder wir haben sie hinausgeworfen. Haben sie doch eine Menschlichkeit im Leib.

Buchhalter.

Adolf, ich versichere ihnen, daß mir die Angelegenheit höchst peinlich ist, aber ich bin Familienvater, und ich kann meinen Posten verlieren, wenn ich meine Pflicht nicht erfülle. Sie wissen ja, es ist vom hiesigen

Industriellenverein beschlossen worden, einen Ausstand, der länger als vierzehn Tage dauert, unter keinen Umständen zu dulden und sofortige Entlassungen vorzunehmen. Wir sind durch den Beschluß gebunden. Wir können nicht anders.

Eine Stimme.

Nicht annehmen!

Zweite Stimme.

Schmeißt ihn hinaus! (Bewegung

Meixner.

Wir werden sie gewaltsam hindern, ihren Auftrag zu erfüllen.

Buchhalter.

Damit erreichen sie gar nichts. Die Kündigung ist bereits öffentlich kundgemacht, und diese Ueberreichung der Arbeitsbücher nur eine Formalität. Sie sind gekündigt auch ohne das, und da kann ihnen alles nichts helfen. Es ist keineswegs ausgeschlossen, ja ich glaube sogar, daß es als sicher anzunehmen ist, daß sie morgen mit ihren Büchern wieder aufgenommen werden, aber jetzt müssen sie dieselben nehmen. Uebernehmen sie die Verteilung, Meixner, meine Aufgabe ist erfüllt, adieu! — (Ab mit dem Arbeiter.)

Naßwetter

(setzt die Verteilung des Geldes fort und giebt auch die Arbeitsbücher aus).

Bartel Turaser.

Schimmel (tritt auf, laut rufend).

Alsdann, aufgepaßt, aufgepaßt, der Kleppl ist freigesprochen! — (Rufe und Bewegung.) Freigesprochen ist er worden, der Kleppl, er ist unschuldig, der Kleppl. Der Kleppl ist ein braver Mann. Der Turaser hat's beschworen, daß er ein braver Mann ist, der Kleppl —

Naßwetter (auf Schimmel zutretend).

Verfluchter Kerl, willst den Turaser verdächtigen?...

Schimmel (schreit).

Also wir sind die Schlechten, wir sind die Hetzer, der Kleppl ist ein Ehrenmann, der Turaser hat's beschworen — —.

Naßwetter.

Wirst die Goschen halten, Hund, verfluchter! —

Schimmel.

— — Hoch Kleppl, hoch Kleppl!

Naßwetter.

Ich hau dir die Fressen ein ... (Wird von Zacharias und Meixner festgehalten, die Menge ist still.)

Naßwetter.

So ein Kerl!... Laßt's mich auf ihn!

(Marie und Anna Zelber. Anna weinend.)

Marie (zu Naßwetter).

Was willst denn? Was willst von ihm? — —

Naßwetter.

Er hetzt auf den Turafer.

Marie.

Weißt denn du, ob er nicht einen Anlaß hat? vielleicht hat er recht ... (Zur Menge:) Der Kleppl ist freigesprochen! Das was ich mit meinen eigenen Ohren gehört hab, das was mir der Kleppl gerade ins Gesicht gesagt hat, ist nicht wahr, es ist gar nicht wahr! Ich hab's gehört mit meinen Ohren, es ist aber nicht wahr, er hat's nicht gesagt: freigesprochen! (Unruhe.) Pssst! Also hört's und überlegt euch die Geschichte. Der Richter fragt mich, was ich von der Sache weiß. Ganz einfach, Herr Richter, sag ich, der Kleppl hat auf meine Schwester Anna schon lang gespitzt, er hat ein Aug auf sie gehabt, wie man sagt, und weil sie ihm nicht zu Willen war, so hat sie müssen vor einem Jahr aus der Fabrik hinaus. Ich glaub, das ist genug, wenn ein ehrliches Mädel sein Brod verlieren muß wegen so einem — —. Sind sie vorsichtig, sagt er mir da, sie stehen vor dem Gericht. Aber wahr ist es, sag ich, wahr ist es, daß sie hat müssen drei Wochen lang ohne Arbeit sein, und daß er auch mich gedrückt und sekiert hat, wo er es nur hat können. Weil er sich hat rächen wollen, sag ich, ja, ist so ein Mensch anständig, Herr Richter? — Das sind, hör ich, nur ihre Behauptungen, das vermuten sie bloß, es ist durch nichts bewiesen. — Wie kann ich das beweisen? Beweis genug, daß sie hat müssen aus der Arbeit und hat keine andere gehabt und hat immer ehrlich gearbeitet und war unbescholten und niemand hat ihr etwas nachsagen können. Alle haben gewußt, daß ihr der Kleppl nachstellt. Warum hat sie dann auf einmal weggehn müssen? Die Antwort kann sich da jeder selber geben, da braucht es keinen Beweis. Und dann, was weiter gekommen ist, Herr Richter, ist das vielleicht nicht genug? — Erzählen sie den Hergang! — Also ich bitte, so erzähl ich den Hergang. Vor der Färberei geht man auf einer kleinen Bretterstiegen auf den Boden. Dorten waren wir vier beim Aufspannen der weißen Pappware auf die Rahmen. Vormittag um elf Uhr kommt der Kleppl zu uns herauf, um nachzusehen, ob wir arbeiten. Eine war auf der anderen Seite ganz weg von uns, und die zwei waren bei der Hausmeisterin nach ihrem Essen schauen. Ich hab gerade bei der Stiegen aufgenadelt. Er stellt sich zu mir und schaut mir zu. Nach einer Weile sag ich: Herr Kleppl, sag ich, sie könnten die Anna doch wieder in die Arbeit nehmen. Wir brauchten gerade eine und die erste Beste kann man doch auch nicht zu der Arbeit nehmen. Ja, meint er, es hat seinen Haken. — Was für einen Haken, Herr Kleppl, sie hat sich ja nichts zu schulden kommen lassen? — Sie ist grob gewesen. — Das wird sie nicht mehr sein, sag ich, ich bitt, Herr Richter, ich hab sie ja bei mir haben wollen, ich hab halt so gesagt, aber sie war gewiß nicht grob, sie hat sich mit ihm nicht einlassen wollen, das ist das Einzige. — Dann sagt er, sehens Marie, sie sind ein vernünftiges Mädl, ich weiß, sie ist keine Heilige, warum ist sie gerad gegen mich so? Bin ich schlechter als ein anderer? — Aber, sag ich, Herr Kleppl, lassen sie die Dummheiten, meine Schwester ist ordentlich und läßt sich mit einem verheirateten Mann nicht ein. Und dann sind sie schon alt und haben große Kinder, lassens das gehen, Herr Kleppl, und nehmen sie sie in die Arbeit. Ja, sagt er, aber — sie darf keine Faxen machen, sie wird nicht gleich ins Kindbett kommen! — Das hat er gesagt, Herr Richter, das kann ich beeiden. (Bewegung.) Der Turaser ist gerade bei der Stiegen gestanden und hat die gefärbte Ware angesehn, der muß es gehört haben, es ist nicht gearbeitet worden, es war ganz still. — Der Turaser steht auf und stottert etwas hin und her und schließlich kommt es heraus, er hat es nicht gehört, oder er hat es nicht genug deutlich gehört, und am Ende hat es geheißen, es ist nichts bewiesen, und alles ist nach Haus gegangen. Mir aber hat man gleich den Prozeß gemacht, ich bin wegen einer Ehrenbe= leidigung — ich hab dem Kleppl seine Ehr beleidigt — angeklagt und verurteilt. Acht Tage werd ich sitzen, acht Tage eingesperrt sein, wegen diesem verfluchten Gauner! (Sie stampft mit dem Fuße, hält sich das Tuch vor das Ge= sicht und weint. Starke Bewegung, man schreit durcheinander und geht hin und her.)

Anna.

Und ich bin gekündigt, und die Marie ist auch ge= kündigt. Solche kann man nicht brauchen, die könnten bei uns auch so was anrichten.

Meixner.

Mach dir nichts daraus, wir sind alle gekündigt, jeder hat schon sein Buch bei sich.

Marie (laut).

Und ich sag es jetzt ganz offen (schreiend): der Turaser ist bestochen! — Bestochen ist er, und deshalb haben sie Courage bekommen, euch zu kündigen, und deswegen seid ihr alle auch gekündigt worden, weil sie schon im voraus gewußt haben, daß die Verhandlung für sie gut ausfallen wird; weil der Turaser schon versprochen hat, er wird zu ihren Gunsten aussagen.

(Tumult, wilde Ausrufe: Verräter! Lump! Erschlagt ihn! Ein wirres Durcheinander, in dem das Rufen Adolfs, Meixners ohne Wirkung bleibt. Naßwetter ist schweigsam, die Weiber umringen die Schwestern, die Männer scharen sich zu Hauf, man ruft: Auseinandergehn! Dableiben! Schlagt ihn tot! — Nieder mit dem Kleppl! — Auf die Plätze, Ruhe, Ruhe! — In dem Tumulte öffnet sich die Thüre zu Turasers Wohnzimmer, und Albine stürmt laut rufend auf Marie los.)

Albine.

Betrügerin! Betrügerin! Lügnerin! — Glaubt ihr nicht, was sie gesagt hat, es ist alles nicht wahr, was sie sagt, es ist alles nicht wahr, sie lügt vom Anfang alles! — Der Turaser hat gar nichts gehört, der Turaser weiß von nichts, von unten bei der Stiegen kann man nicht einmal hören, wenn oben auf dem Boden laut gesprochen wird, und wenn nur still gesprochen wird, hört man gar nichts. Man hört gar nichts. Es ist nicht wahr, daß er etwas gehört hat. Er hat mir es zwanzigmal gesagt, er weiß von nichts. Die Zelber ist von oben herunter gekommen und hat ihn dort gesehen und hat gleich gesagt, hast es gehört? Was, hast es gehört? Er hat aber gar nichts gehört. Sie hat es ihm gleich gesagt, was sie mit dem Kleppl gesprochen hat, er hat aber nichts gehört, er hat es nur gewußt, weil es ihm die Zelber gesagt hat, weil sie ihn zuerst getroffen hat, gerade so wie sie es jedem von euch gesagt hat. Und wenn sie jeden von euch zum Gericht gezogen hätt, so hätt jeder von euch gerade so aussagen müssen, wie der Turaser. — Und ich sag euch, die Zelber hat es selber nicht einmal gehört, es ist alles nicht wahr, was sie da vom Kleppl erzählt hat, sie hat sich es so ausgedacht, weil sie immer und überall Unfrieden stiften muß, sie ist eine Lügnerin — eine Lügnerin — — (Sie schnappt nach Atem. Der Lärm hat sich während ihrer Rede gelegt, bricht aber jetzt mit neuen Verwünschungen los.)

Die Schwestern Zelber (rufen dazwischen).

Was hätten wir davon, wozu soll ich mir denn das aussinnen, ich hab ja nichts davon, sie ist verrückt!

Albine.

Nein, ich bin nicht verrückt, aber du, Marie Zelber, du bist schlecht, du schlechtes, infames Weib, pfui! pfui! — Glaubt's ihr ja nicht, glaubt's ihr nicht. Sie stiftet immer nur Unglück. — Die Klitzpera ist da, die kann euch's bezeugen! Erinnerst dich, wie sie von dir in der Fabrik erzählt hat, du haltst es mit dem Schlosser, und wie dann der Schlosser deinen Mann gehaut hat? — Erinnerst dich noch? — Jetzt stellt sie sich so, als wär der Kleppl ihr Todfeind, aber immer ist sie hinter ihm hergekrochen, die Schlechte, und so lang hat sie euch gehetzt, bis alles auf den Kleppl losgegangen ist. Und ich sag euch's, es ist nicht wahr, daß das der Kleppl gesagt hat — —

Meixner.

Aber daran liegt ja nichts, ob es der Kleppl gesagt hat, wir stehen im Lohnkampf, wir stehen vor dem Thor und wissen nicht ob hinein oder hinaus.

Albine.

Aber sie hat gesagt, der Turaser ist an allem Schuld, sie hat uns ins Unglück bringen wollen.

Marie.

Schweig dich aus! —

Albine.

Schweig du, du Unglücksstifterin.

Marie.

Ich sag es dir ins Gesicht, dein Mann ist bestochen und dreimal bestochen.

Albine.

Und wenn er zehnmal bestochen ist, dein Mann wird er darum doch nicht mehr!

(Während dieser Rede sprechen die übrigen leise mit einander, es wird hin= und hergegangen, es bilden sich Gruppen, die leise disputieren. — Es wird nicht mehr ruhig.)

Marie.

Hahaa, daß ich nicht lach! — Mein Mann, du lieber Himmel, was dir nicht alles einfällt!

Albine.

Warum hast denn auf ihn eine solche Wut, warum willst ihn denn zu Grunde richten? — Warum? Sag doch! — Sag! —

Marie.

Weil er uns alle ins Unglück gebracht hat, darum! — Verstehst?!

Albine.

Weil du die Wut nicht verschmerzen kannst, daß ich dir ihn weggefischt hab, darum! — Aber jetzt sag ich dir's: — hinaus — Dort ist die Thür, gehst hinaus, (sie geht drohend durch eine Menschengasse auf sie zu) gehst hinaus! hinaus! — Marsch hinaus! Du infames Weibsbild, du miserabliges! — Du Luder, was sein Lebtag kein Kind gehabt hat, du willst eine Familie zu Grund richten, ich — — — ich — — — (Sie wird von den Weibern seit= gehalten.)

Marie.

Ja, ich geh, deswegen aber wird deiner noch immer nicht reingewaschen, deswegen bist du auch nicht besser. Wir sehen uns noch, wir zwei. Wir treffen uns schon wo. (Ab, mit ihr ein Haufe.)

Albine (zu den Weibern).

Ich sag euch, es ist nicht wahr. (Die Leute gehen allmählig alle ab.)

Ein Weib.

Es ist doch auffallend, das werden sie einsehen, und wenn man der Zelber nicht recht geben kann, weil man eben nichts sicheres weiß, so ganz unrecht wird sie wohl nicht haben. Warten wir's ab.

Albine.

Es ist nur ein unglückliches Zusammentreffen, dafür kann doch mein Mann nicht, er hat halt nicht schwören können. Hätt er es ganz sicher gehört, so hätte er geschworen. Es hat's aber nur die Zelber gehört, und ich sag euch, sie lügt. Aber wie hängt das mit der Kündigung zusammen? Mein Mann ist ja auch gekündigt. Drinn auf dem Tisch liegt das Buch; geh, ich bitt dich, Naßwetter, hol das Buch, drinn auf dem Tisch liegt es, und bring es herein. Da könnt ihr's lesen. Was hätte denn mein Mann davon, jetzt, wo er gerade so gekündigt ist, wie jeder andere! Deshalb sag ich, die Zelber ist schlecht, sie ist ein böses Weib, weil sie einen unschuldigen Menschen ins Unglück bringen will, mit Gewalt ins Unglück bringt mitsamt den unschuldigen Kindern. Weißt, kannst dich erinnern, wie sie über dich geklatscht hat, hast schon vergessen an den Schlosser? — Wer war schuld daran — die Marie Zelber war schuld daran!

Ein Weib.

Nun, ob so oder so.... was vergangen ist, ist vergangen. Morgen werden wir nichts mehr zu essen haben. — Du Gott im Himmel, schau auf uns! —

(Sie gehen alle langsam hinaus.)

Albine (zu Meixner).

Glauben sie es, Meixner — glauben sie es?

Meixner (zuckt die Achseln).

Albine (zur Adolfin).

Glauben sie es, daß der Turaser daran schuld ist?

Meixner.

Warum hat er es sich denn so schnell überlegt? Hat niemandem was gesagt, daß er es nicht deutlich gehört hat, hat niemandem widersprochen, der sich auf ihn berufen hat. Hat sich als Zeugen rufen lassen, so muß er es doch gehört haben.

Albine.

Ein Schwur, Meixner, ein Schwur ist ein Schwur. Hätten sie geschworen, Adolf, wenn sie nicht ganz sicher gewesen wären? Er war halt nicht ganz sicher —

Adolf.

Ich sag ja nichts. — Hab ich etwas gesagt? Ich denk mir meins und laß jedem seins.

Adolfin.
Ja ... mir — — mir lassen einem jeden seins ... einem jeden! (Alle ab.)

(Albine und Naßwetter. Pause.)

Albine.
Du bist noch da?

Naßwetter.
Ich hab das Büchel gesehen. Aber das beweist nichts.

Albine.
Du glaubst auch ...?

Naßwetter (nicht bejahend.)

Albine (schweigt).

Naßwetter.
Hörst ... mir kannst es sagen, ich bin der beste Freund vom Turaser, er ist wie mein Vater gewesen, er ist mehr als mein Vater, den ich nicht gekannt hab, sag mir, hat der Turaser reine Hände? —

Albine.
Vor Gott im Himmel und vor seinen armen, verhungerten Kindern hat er reine Hände! —

Naßwetter.
Das ist genug — mehr brauchst mir nicht zu sagen. Jetzt geh ich

Albine.

Du gehst auch?

Naßwetter.

Kann ich anders?

Albine.

Halt zu uns, es wird dir gut gehen.

Naßwetter.

Jetzt muß man zu dem halten, dem es schlecht geht. Die Sach thut mir leid, das kannst mir glauben — —!

Albine (barsch).

Also geh!

Naßwetter.

Ich geh der Letzte und werde dann wieder der Erste sein. (Ab.)

(Albine, Bartel.)

Albine (in Gedanken verloren).

Bartel.

Mammi, wird der Vater bald kommen? — Mammi!

Albine.

Er wird.

Bartel.

Wirst nicht Feuer machen?

Albine.

Ja, gleich. Geh hinein, geh, mein Kind, geh hinein und schau zum Mäderl, und spahnd Holz, daß wir gleich ein Feuer machen können. (Man hört einen Ruf.)

Bartel.

Jemand ruft....

Albine (ängstlich).

Geh, Burschi, geh ins Zimmer. (Derselbe Ruf, länger.)

Bartel (ab).

Albine

(geht zur Thür. In diesem Augenblick wird die Thür aufgerissen, und Turaser als Verfolgter stürzt bleich und entsetzt herein).

Turaser (schreiend).

Mach zu! Halt zu! Sie kommen, sie kommen, halt fest! Halt fest. (Er eilt über eine Leiter auf den Balken, wo er verschwindet.)

Albine

(anfangs fassungslos, eilt die Thür zu schließen, doch schon hat sich ein Mann hereingezwängt; sie drückt fest zu, es entsteht ein kurzes Ringen, ehe es ihr gelingt, ihn hinauszudrängen und die Thüre zu schließen. Man hört Rufe, einzelne, dann mehrere, Steine schlagen an die Wände, ans Thor, auf das Schindeldach; im Zimmer klirrt das eingeschlagene Fenster, Pfiffe. Sie verriegelt die Thür und versperrt sie, angstvoll beachtend, ob ein Körper, der sich zuweilen wuchtig gegen sie wirft, die Angeln lockere).

Komm herunter! — Komm herunter, es ist niemand da. Hilf mir die Thür vernageln.

Turaser (oben, schweigt).

Albine (ruhig sprechend, zu Bartel ins Zimmer).

Bubi, bring mir den Hammer und die langen Nägel, ja?

Bartel

(nach einigen Augenblicken das Gewünschte bringend, das Albine sofort hastig nimmt und die Thür vernagelt).

Ein Stein ist hereingeflogen, Mammi, das Fenster ist zerschlagen. — Kommt nicht der Vater? — Ich fürcht mich, Mammi, — kommt der Vater?

Turaser.

Pßt, pßt! — (Der Lärm außen wird schwächer, die Steinwürfe vereinzelt, das Stoßen gegen die Thüre hört auf, einzelne Püffe.)

Albine.

Bleib jetzt noch oben, sie gehen schon. Die Thür hält! —

Turaser (herabsteigend).

Sie haben keine Stange bei sich, sonst wären sie schon längst herein.

(Pause.)

Eine Stimme (durch das Schlüsselloch von außen hereinrufend).

Turaser, wir erwischen dich noch, gieb acht, wirst deine Beiner im Tüchel z'Haus tragen! Hollodriooh, Hollodriooh! Die Zeiler sein doo! (Er pfeift gellend am Schloß durch die zwei Finger. Gelächter außen. Stille. Die Familie lauscht.)

Turaser (den Kopf vornübergebeugt, horcht hinaus).

Weg sind sie! Weg! — Gut ist es gegangen, nichts ist geschehen, gerad so wie du es gesagt hast. Du hast es richtig vorausgesagt, es wird ein Lärm sein, ein ordentlicher, ein Krawall, und hernach ist das Wasser abgelaufen.

Albine.

In die Arbeit darfst nicht gehen eine Woche lang, sonst wird es gleich heißen: aha, der Turaser! Nach einer Wochen kannst ruhig anfangen. Alle sind gekündigt.

Turaser.
Gekündigt.

Albine.
Alle, der Buchhalter hat die Büchel hergebracht. Das war eine Tour, ehe ich die Zelber hinausgebracht hab.

Turaser (nachdenklich).
Sie muß eine Woche sitzen — — verurteilt. — —

Albine.
Das freut mich. Das geschieht ihr schon recht. Wie sie gehetzt hat, wie sie in die Leute hineingeredet hat, gerad als müßt sie uns alle ins Unglück bringen. Es ist ein böses Weib, die Marie.

Turaser.
Sie ist verurteilt, wegen Ehrenbeleidigung — acht Tag.

Albine.
Daran wird sie nicht sterben.

Turaser.
— — Sie ist bescholten, verstehst?!

Albine.
Was ist das?

Turaser.

— Sie ist vom Gericht verurteilt, sie hat keinen ehrlichen Namen mehr — den Dienst verliert sie, das versteht sich ehe.

Albine.

Deshalb hat sie so eine Wut gehabt.

Turaser
(springt auf, lebhaft, wie um seine Gedanken zu verscheuchen).

Aber jetzt lauf, geh, bring! Bring ein gutes Fleisch, ein warmes Geselchtes, bring ein paar Flaschen Bier, aber ordentlich Fleisch, nicht ein paar Bissen, ich hab den ganzen Tag nichts gegessen, mein Magen ist krank vor Hunger. Was willst denn, Barterl, mein kleiner Bub, was willst denn, sag nur, was du willst, kriegst alles, sag! —

Bartel.

Würstel! —

Turaser.

Bring Würstel, zehn Paar — —

Bartel.

Feigen —

Turaser.

Einen Kranz, — Albin — Was willst denn noch, Bubi, willst Backerei haben? — Bring was süßes. Ein paar gute Buchteln, mit Topfen und Kuchen — —

Bartel.

Mit Schaum — —

Bartel Turaser. 7

Turaser.

Bring ein paar Schmetteurollen — —

Albine.

Na, na, ich werd gleich einen Möbelwagen anfahren lassen. — Himmel, jetzt muß ich ja erst die Thür aufnageln, jetzt hab ich mit dem Zeug da wieder die Arbeit — — Und was hat der Kleppl gesagt? (Arbeitet mit der Zange.)

Turaser.

Der war froh. (Er nimmt den Knaben auf den Arm.) Hat aber nichts merken lassen. Hat aber verflucht aufgeatmet, wie ich ausgesagt hab. Ich hab gesagt, ich hab nichts gehört, ich hab es nicht so deutlich gehört, daß ich es beschwören könnt, daß ich es gehört hab. Dann hat es mir gleich darauf die Zelber erzählt, und so hab ich am Anfang geglaubt, ich hab es wirklich gehört. Und dann die Wut auf den Kleppl, der uns allen so verhaßt war, so hab ich geglaubt, daß ich es gehört hab. Aber dann, wie es zum Schwur gekommen ist und ich mir die Geschichte noch einmal ordentlich vor das Gedächtnis gebracht hab, ist es mir doch so geworden, so — unsicher — ja, und jetzt, mein ich, daß ich gar nichts gehört hab. — Dann sagt der Richter, wir werden auch den Kleppl beeiden. Und dann haben sie auch den Kleppl beeidet. — Haben sie das der Marie Zelber gesagt? — Nein! — Ich mache sie auf das Gewicht ihrer Aussage aufmerksam. — Nein! —

Und dann war die Marie verurteilt. — — Die haben aber Augen auf mich gemacht! — (Nachdenklich.) — Wie mich alle angeschaut haben —

Albine.

Du hast halt nich schwören können, das ist etwas! —

Turaser.

Die haben Augen gemacht! Die Zelberischen haben geweint... — — Nun — so geh doch schon! — Zum Teufel!....

Albine.

Gleich, gleich, friß mich nur nicht auf. — (Sie macht sich an die Thüre, Nägel auszuziehen.)

Bartel.

Und das Eichkatzl?

Turaser.

Morgen, morgen kriegst es, morgen kauf ich dir's und ein neues Gewand, und ein Mützerl....

Bartel.

Mit einem geraden Schirm — eine französische — —

Turaser.

Mit einem graden Schirm —

Albine.

Hilf mir doch da — — —

Turaser

(jetzt den Knaben ab und greift zu Zange und Hammer).

Du glaubst, ich soll noch eine Wochen dableiben?

7*

Albine.

Du mußt!

Turaser.

Der Kleppl hat mir gesagt, ich soll morgen kommen. (Arbeitend): — Also entlassen hat er sie, der Schuft. Alle entlassen.

Albine.

Was —?

Turaser.

Das ist ein Gewichster! — Entlassen! — Das muß aber gewesen sein? — Was? — So jetzt ist offen — geh! (Sie lauschen.) — Es ist alles vorüber! — Geh! — (Nimmt den Knaben wieder, indes Albine Korb und Tuch holt und abgeht.) Jetzt mußt aber essen wie es sich gehört. Wirst? — So bist mein guter Bub. — — Wie ist das doch mit dem: (singt:) Wer will unter die Soldaten, der muß haben ein Gewehr, der muß haben ein Gewehr...

Bartel (singt).

Das muß er mit Pulver laden und mit einer Kugel schwer!

Beide (singen, Turaser tanzt).

Hopp hopp hopp, hopp hopp hopp, Pferdlein lauf, lauf Galopp, hopphopp, hopphopp, hopphopp, hopphopp — hopphopphooohopp, Pferdlein lauf, Pferdlein lauf, lauf Galopp, hopphopphopp! — (Er küßt den Knaben und tanzt mit ihm auf dem Arm in kleinen Kreisen.)

Dritter Akt.

(Scene wie im 1. Akt; zehn Tage später. Wenn der Vorhang aufgeht, sieht man zwei kleine Särge hinaustragen, denen einige Leibtragende folgen.)
(Turaser hockt auf einem Schemel beim Sparherd, Albine tritt zu ihm.)

Albine.

Gehst nicht mit? —

Turaser.

Nein.

Albine.

Der Vater soll also nicht dabei sein?

Turaser.

Hast du sie zur Welt gebracht, so geh du sie auch begraben.

Albine.

Und du drückst dich? — — Wie schaut denn das aus, wenn du nicht mitgehen willst? — Was werden sich die Leute denken?

Turaser.

Das ist mir gleich. Sollen sich die Leut denken, was sie wollen. Was die Leut reden, auf das ist nichts zu geben. Das rinnt ab wie's Wasser, hast gesagt.

Albine.
— Aber....

Turaser.
Hast es gesagt oder nicht? — So geh. Laß mich in Ruh. — Ich will es nicht sehen, wie sie's in die Erd verscharren.

Albine.
Ich soll es ansehen .... (Nach einer Pause:) Sind ja deine Kinder so wie meine! — Komm, geh mit, Turaser, ich bitt dich, komm! — (Turaser schweigt verstockt.)

Albine (erregt):
Ihr Männer! — Das sind Männer! — Jedes alte Weib ist stärker als ihr, Schlafmützen, Schwachköpf! — Was geht dir denn im Kopf rum?

Turaser.
— Geh, die warten draußen auf dich — —
(Albine rasch ab. In der Thür kommt ihr Naßwetter entgegen.)

Albine.
Geh, bleib da und red ihm die Mucken aus, ich muß laufen .... (Ab.)
(Naßwetter setzt sich. Man hört durch die offen gebliebene Thür die Einsegnung, die Tritte der Fortgehenden. Naßwetter geht nach, das Thor und die Thüre zu schließen, und setzt sich wieder. Sie verharren eine Zeit lang schweigend.)

Turaser.
Was machst denn du bei mir?

Naßwetter.
Darf ich nicht zu dir kommen?
Turaser.
Zu so einem Auswurf —?
Naßwetter.
Du bist noch derselbe, was du warst. Für mich bist immer derselbe.
Turaser.
Es ist genug schön, daß du nach einer Ausred suchst.
Naßwetter.
Was brauch denn ich eine Ausred! —
Turaser.
Was werden denn die andern dazu sagen, daß du zu dem Auswurf gehst?
Naßwetter.
Die haben anders zu thun, als nachschauen, ob ich mit dir red oder nicht.
Turaser.
Gieb du nur gut acht, was die andern von dir sagen. Hast denn du ein Urteil über dich? — Weißt denn du, wer du bist, was du heißt? — Das weißt du nur davon, weil du hörst, was die Leute sagen.
Naßwetter.
Wenn man auf alles geben möcht, was die Leut sagen —!

Turaser.

Auf alles muß man geben, was die Leut sagen. Erfunden wird nichts, nur schlecht verstanden und ausgesprengt.

Naßwetter.

Du hast recht, schlecht verstanden. Ist etwas noch so seltsam, die Leut glauben gleich immer das Schlechte.

Turaser.

Das haben die Leut wieder recht. Das Schlechte kannst gleich glauben; wennst wo was Gutes hörst, dreh es erst dreimal um, ehe daß du es nimmst.

Naßwetter.

Ich kann aber nicht alles glauben, ich will nicht, Turaser.

Turaser.

Du willst nicht glauben, was die Leut von mir reden —? Ist recht?

Naßwetter.

Ich will es von dir nicht glauben, Turaser.

Turaser.

Jedes Warum hat sein Darum, hat einmal einer gesagt. Wenn mir also mein Bartel stirbt, so muß es sein Darum haben. Siehst, um das Darum dreht sich alles. Bei jedem muß man nur immer das Darum finden. Es wär doch zu dumm, wenn wo was wär, das nicht sein Darum hätt; deswegen schon muß alles sein Darum haben. Jetzt frag ich, warum stirbt mein

Bartel, warum nicht der andere, warum nicht andre tausend Buben, warum meiner? Sind doch genug Kinder in der Welt, warum wird meiner ausgesucht? Manche sagen, weil er zu gescheit war.

Naßwetter.
Gescheit war er.

Turaser.
Aber gar zu gescheit war er nicht. Er war ein gutes Kind, ein aufgewecktes, war brav in der Schul, hat besser gelernt, als alle andern in der Klass', das ist aber nichts besonderes. Was — unter die armen Buben, die zu Haus keine Ruh haben und wenig essen — deswegen! — Nein, er war nur ein weiches Herzerl ... weißt? — Ja — so ein gutes Kind. Deswegen thut mir das Herz so weh um ihn ... Er hat sich übergessen, sagen die Leut.

Naßwetter.
Die Leut verstehn nichts.

Turaser.
Hat man schon einmal gehört, daß sich ein Bub übergessen hätt!

Naßwetter.
Ein Bub, nie im Leben!

Turaser.
Das hat ja einen Magen —, von wenig essen krank werden, aber von viel?

Naßwetter (leise).
— Er war es vielleicht nicht gewohnt?

Turaser (fühlt den Stich).
— Er hat ja immer seins gehabt. War es auch nicht so nahrhaft und gut, wie er es hätt brauchen können, zu essen hat er immer gehabt. — Daß er sich mit ein paar Sachen sollt zu Grund gerichtet haben — — er hat ja nicht einmal viel gegessen. Und wenn es wahr wär, was ist dann? — Warum muß gerad er daran sterben, wo Kinder alles zusammenessen wie die Enten, warum er? — Dazu will ich das Darum haben!

Naßwetter.
Du denkst an die Bestimmung.

Turaser.
Nein, daran hab ich nicht gedacht: an die Vergeltung! — Aber das ist ein schönes Wort: Bestimmung. Da wird man so ruhig dabei. Wenn die Idee nur nicht gar so keck wär. Ja, gar so keck. So viel dürfen wir uns vor die andren Würmer und Fliegen nicht einbilden, daß es irgendwo schon voraus aufgeschrieben steht — —

Naßwetter.
Und das Darum? — Was ist das?

Turaser.
Das ist nicht dasselbe. Das Darum ist der Weg, den das alles gegangen ist, das ist der Fluß, der durchs

Land rinnt. Die Bestimmung ist der Regen vom Himmel, den alle annehmen müssen.

Naßwetter.

Sterben müssen alle.

Turaser.

Warum aber der eine zuerst, der andere hernacher? — Warum trifft es mich? Und warum jetzt? — —

Naßwetter.

Er kann nicht mehr reden, wenn er es auch wüßt.

Turaser.

Er kann nicht mehr reden. Freilich. Und wenn er reden könnt, glaubst er möcht? — So ein Kind... man weiß gar nicht, wen man da neben sich hat. Das hört zu, sieht zu, denkt nach und denkt nicht nach und versteckt alles in sich. Ja, versteckt's in sich. Er hat mich fortwährend so angeschaut... so angeschaut... Jesus Maria..... alle sind gewichen, gewichen von mir wie vor dem Auswurf..... er auch..... hat mich so angeschaut..... (Er bedeckt das Gesicht mit den Händen.)

Naßwetter.

Was versteht ein Kind —!

Turaser.

Als wär er an mir irr worden...... Und ich hab es doch nur für ihn gethan, sein junges Leben zu fristen, ihm alles zu geben, was er braucht zur Stärkung, daß er wieder zu sich kommt, daß er sich nicht braucht abzuhärmen und abzusehnen, mein lieber Jung. Und er ist an seinem Vater, an seinem geliebten Vater — — irre worden. Mein gutes, braves Kind . . . . .

Naßwetter.

Was du dir da wieder einbildst! —

Turaser.

Kann man denn in so ein Kind hinein sehen, das versteckt alles vor den andern und vor sich selber. Spricht es nicht aus, sich nicht und den andern nicht, und geht an einem Kummer zu Grund. Das Herz kann einen übergroßen Kummer nicht ertragen . . . . . ja —.

Naßwetter.

Ich bitt dich, das sind alles so deine Einbildungen. Brauchst nicht gleich zu glauben, daß es jeder gleich mit allem so schwer nimmt wie du. Nicht einmal die, was mit dir arbeiten, höchstens vielleicht die Zelber — aber die denken ja nicht mehr daran; außer wenn die Red darauf kommt. Aber wo denkst denn hin, so ein Kind! Was dir nicht alles einfällt!

Turaser.

Das war kein gewöhnliches Kind.

Naßwetter.

So denkt jeder.

Turaser.

Ja, die dummen Eltern halten ihre Kinder immer für was Besonderes. Wer weiß, was er hätt werden können, was aus ihm für ein großer Geist hätt sein können. Er war in sich gekehrt, er hat manchmal so gefragt, daß ich nicht gewußt hab, woher immer schnell das Wort nehmen, um ihn nicht ins Unrichtige zu führen. Wer weiß, auf was ihn das Schicksal geführt hätt! — Vielleicht ein Ingenieur, der wer weiß was erfindet, oder einer, der mit der Feder umgeht, oder ein Doktor, der den Leuten hilft — — und alles dahin! —

Naßwetter.

Für ihn ist es ja vielleicht besser.

Turaser.

Wenn ich bedenk, daß sein Leben in meiner Hand gelegen ist, daß er mir ist anvertraut worden von der Vorsehung, und wie ich mit ihm umgegangen bin! — — Daß ich nicht gewußt hab, was so ein zartes Gemüt braucht....

Naßwetter.

Es hat gewiß keinen besseren Vater gegeben als dich! —

Turaser.

Ist es denn ums essen und trinken allein?! — Die Reinheit braucht's! — Das Wenige, was er gehabt hat, Vater und Mutter, das ist ihm getrübt worden; auf was er hätt stolz sein können....

Naßwetter (erschüttert).

Du bist arg gestraft, Turaser! —

Turaser.

Endlich, daß es aus dir heraus ist! — Gestraft bin ich! — Gestraft bin ich, wie noch nie einer ist gestraft worden. Ja, das ist es! — — Aber wissen möcht ich, nach welchem Gesetz, wo das Gesetz geschrieben ist und von welchem Richter! — Das möcht ich wissen. Verfluchte Arglist, verfluchte, tückische Bosheit, verfluchtes, verfluchtes Leben, das mich hat so hineingebracht. Sei es wer immer, hat mich wer hineingebracht — alsdann ist er selber daran schuld, nicht ich! — Soll über sich selber Gericht sitzen und über sich urteilen und sich selber bestrafen! — So wird es gemacht!? Ich muß unglücklich sein, schuldig werden, und hernach wird eine Straf diktiert, die kein Mensch ertragen kann? Höllische Bosheit, die das eingerichtet hat! — Da hört aber alles Fragen auf! es kann gar nicht gut sein, was auf solchen Wegen geht, das Allerletzte, wohin wir kommen, der äußerste Rand, muß gar arg sein oder gar dumm, wenn die Mittel so dumm, so ungerecht sind, die zu ihm führen. Im besten Fall ist es die Ruh! — Wozu dann diese Martern? Die Ruh hätt ich besser haben können, wär ich gar nicht zur Welt gekommen.

Naßwetter.

Wir müssen ja alle das Leben abbüßen.

Turaser.

Freilich, weil jede Straf verbüßt sein muß.

Naßwetter.

Ganz verbüßt, bis zu End verbüßt. —

Turaser.

Meinst — — — niemand darf dem Kerker ent=
fliehen, der nicht seine Jahre abgesessen? — Wenn ich
aber unschuldig verurteilt bin?

Naßwetter.

Unschuldig sind alle verurteilt.

Turaser.

Alsdann — bis zu End verbüßen, bis zu End, wenn
man sich auch alles denken kann und alles weiß! Die
Medizin kennen, die einem helfen kann, und sie doch
nicht nehmen!

Naßwetter.

Siehst, es hat alles sein Gutes. Ist dir nicht jetzt
doch so, ich weiß nicht, ob du mich verstehst — leichter!

Turaser.

Ja, wie so einem, der fort auf die Abstrafung ge=
wartet hat.

Naßwetter.

Bist wenigstens die Unruh los.

Turaser.

Ja.

Naßwetter.

Das hast ja gewußt, daß du einmal wirst gefangen
werden. Jetzt bist gefangen, hast Ruh. Hättest denn

nur eine ruhige Stund gehabt, hätteſt ruhig ſchlafen
können, hätteſt den Leuten ins Geſicht ſehen können?

Turaſer.

Und jetzt?

Naßwetter.

Iſt die Sach anders.

Turaſer.

Schon?

Naßwetter.

Was meinſt?

(Vorige, Marie Zelber.)

Marie.

Turaſer, grad komm ich heraus, vom Landesgericht.
Mein erſter Weg iſt her zu dir. Sag mir nur, wie
das geſchehen iſt, um Gotteswillen!

Turaſer.

Beide Kinder.

Marie.

Wie ſo denn nur? Der liebe Bartel! —

Turaſer.

Uebereſſen —

Marie.

Wirklich —!

Turaſer.

Na, wie denn anders. Es hat mir keinen Segen
gebracht, das Geld vom Kleppl hat mich zu Grund ge=
richtet — —

Naßwetter.

Turafer, ich geh derweil; komm später wieder, dir die Mucken vertreiben. (Mit einem Blick zu Marie.) Deine Mucken — ja! —

Turafer.

Komm nur und bring einen Fliegenklapper mit, einen ordentlichen Fliegenklapper, die Mucken zu er=schlagen. Aber auch die Mucken, die da drin sind (weist auf seine Stirn), die muß man totschlagen. Raustreiben — und totschlagen — — das wär gut, das thät mir wohl. (Naßwetter ab. Turafer hält sich die Schläfen.) Mein armer Kopf! — Wie es da drinnen umgeht! Das halt ich ja nicht aus, das halt ich nicht aus! — Ach, niederlegen . . . .

Marie.

Es geht vorüber, es geht alles vorüber!

Turafer.

So? — Glaubst? — Freilich, du hast deine acht Tag abgesessen, jetzt ist es vorüber. Gespeist zu haben!

Marie.

Bin daran nicht gestorben.

Turafer.

Darfst nicht meinen, daß es mir so um dich geht oder gegangen ist. Gar keine Spur davon. Nicht so viel hätt ich mir daraus gemacht, so viel nicht! So ein Schuft wie ich, was macht sich der aus so was! Wenn solche zehne wie du jede hätt Zuchthaus gekriegt zu zehn

Jahr — ich hätt mein Judasgeld eingestrichen, da ist das Geld, was weiter geschieht ist mir Wurst. Ich hab meine Maxen im Sack, geht die Welt zu Grund, ich hab meine Maxen im Sack! — So einer bin ich, verstanden! — Wenn alles gegangen wär, wie es hätt sollen, lach ich euch alle aus und könnts meinetwegen verhungern, auf einem Haufen verhungern, im Winter. Hätts können noch weiter zum Greißler gehn, bis euch alle Greißler hinausgeworfen hätten. Ich hätt keinen Finger gerührt, keinen Kreuzer von meinem Geld hätt ich hergeben. Ja, so einer bin ich! — Aber jetzt, jetzt ist es anders! Ein Lump war ich, ein Lump bin ich, aber dasig bin ich worden! — Ja, dasig! — So klein, so — so — so kleinwunzig, wirklich merkwürdig, wie es mich heruntergedrückt hat! Ja, meine Liebe! — — — Und alle tausend Teufel sind hinter mir her, wie bei einem Wettrennen. (Er schüttelt sich und tichert.) Huuu — iiih!

Marie.
Jetzt ist es nicht mehr zu ändern.

Turaser (sich aufrichtend).
Oho! — Da wirst staunen, da wirst aber deine Wunder erleben. (Er klopft sich auf die Brust.) Aendern werde ich's.

Marie.
Bild dir das nicht ein. Dein Leben wirst nicht mehr ändern, was geschehen ist, ist geschehen, und wenn der Himmel einstürzt, kannst es nimmer ungeschehen machen.

Turaser.

Abbüßen will ich.

Marie.

Mach keinen Unsinn.

Turaser.

Eine That gegen die andere. Abzuwarten steht, welche die stärkere ist.

Marie.

Was geschehen ist, ist geschehen, aus der Welt kannst es nicht mehr schaffen. Dann — —, willst was ab=büßen, wo du gar keine Schuld hast?

Turaser.

Keine Schuld?

Marie.

Denk nach, Turaser, denk nach! Hast du es thun wollen oder nicht?

Turaser.

— — — — — Marie, was sagst da?

Marie.

Das, was du dir denkst.

Turaser.

Wir sind alle nur Menschen.

Marie.

Sie hat dich ins Unglück gebracht, sie ist dein Unglück —

Turaser.

Kannst mir noch immer nicht verzeihn — — —?

Marie (aufschluchzend).

Hab dir es ja schon längst verziehn....

Turaser.

— — Alte Zeiten, Ritschi! Sei gut mit mir! — Ich hab kein Glück gehabt die ganzen Jahre durch. Ich hab's zu nichts gebracht. Das Leben ist mir verflossen, die Ehr hab ich verloren, die Kinder sind mir gestorben......

Marie.

..... Halt aus, Turaser..... halt aus!

Turaser.

Ich geh bis ans End, Marie.

Marie.

Was willst denn machen — —?

Turaser.

Sei ruhig um mich. Bin ich ein schwacher Mann gewesen mein Leben lang, ich will es gut machen.

Marie.

Wer weiß, wozu es gut ist. Ich will dir nicht zu- und nicht abreden, thu was dir dein Gewissen sagt. Folg immer deinem Gewissen und laß dich nicht ablenken. Und was das Uebrige betrifft, das sind alles abgethane Sachen, ich trag dir nichts nach, es ist alles gut bei mir..... es ist alles gut, Turaser.

Turaſer.

Deine Seel iſt die beſte von der Welt —

Marie.

Alſo leb wohl, Turaſer. Wir ziehen weg von da, wir gehen nach Wien. Hier bekomm ich ſo keine Arbeit mehr. Leb wohl!

Turaſer.

Leb wohl!

(Marie ab. Pauſe. Die Bühne verdunkelt ſich allmählich im Hintergrunde; der Vordergrund bleibt im Dämmerlicht.)

(Adolf und Turaſer.)
(Adolf bleibt die Scene hindurch in der Dunkelheit des Hintergrundes und unſichtbar.)

Adolf.

Turaſer! —

Turaſer.

Wer ruft?

Adolf.

Ich bin's, der Adolf.

Turaſer.

Du? — Kommſt mich heimſuchen?

Adolf.

Sollſt nicht glauben, daß dich in deinem Unglück alle verlaſſen.

Turaſer.

Was ſagen die andern von mir?

Adolf.

Nun, sie reden so —

Turaser.

Ich bin gewiß fünfhundertmal verflucht worden, gewiß haben sie an mir kein gutes Haar lassen —?

Adolf.

Das darf man nicht so nehmen, das muß man begreifen, wir sind nur arme Leute und leben von der Hand in den Mund, das weißt du ja gut.

Turaser.

Also, was sagen sie, was sagt der Meixner, der Zacharias —?

Adolf.

— Es ist schad um dich.

Turaser.

Und weiter nichts?

Adolf.

Warst immer ein ordentlicher Kamerad.

Turaser.

War ich?

Adolf.

Ja. Hast dich durch so viele Jahr als ordentlich gezeigt und verläßlich. Eine schwache Stund.

Turaser.

So.

Adolf.
Und die Weiber, hör ich.

Turaser.
Und wie steht's mit euch, mit der Arbeit? Hat der Kleppl wirklich keinen mehr genommen?

Adolf.
Ein paar hat er genommen: den Zacharias und noch ein paar, mich nicht, den Meixner nicht — — —.

Turaser.
Habt ihr schon was?

Adolf.
Ja. Der Meixner ist beim Engel, und ich in der Jutefabrik. Was mit den andern, weiß ich nicht. Auf Probe, haben sie gesagt. Sie nehmen so alte nicht gern. Wie ich aber gesagt hab, ich bin ein ausgelernter Färber und versteh mich auf Jute, so haben sie mich genommen, auf Probe. Wir arbeiten auf Blauholz. Aber was nutzt das alles. Wir haben keinen Kreuzer Geld. Das Weib ist mir krank worden und liegt schon eine Wochen, niemand will mir borgen — — — du hast Geld . . . .

Turaser.
Ja.

Adolf (wimmernd).
Geh, Turaser, gieb mir was, gieb mir etwas, einen Gulden. Ich hab nicht auf dich geschimpft, ich bin zu

dir gekommen, gieb mir was. Ich kann kein Feuer mehr machen schon seit vierzehn Tag, wir haben es kalt zum erfrieren, Turaser, und die Alte liegt.

Turaser (greift in die Tasche).

Das Wenige, das ich noch hab, das mir übrig geblieben ist, will ich ehrlich teilen, dir die Hälfte und meinem Weib die Hälfte. (Er zählt die Papiere in der Hand.) So, das ist dein Teil. (Er geht nach rückwärts und kommt gleich wieder nach vorn zurück.) Nimm's und sag deinem Weib, der Turaser hat an uns gut gemacht so viel er hat können. Wirst das sagen? —

Adolf.

Ich werd es sagen. Ich werde es jedem sagen, der es hören will, daß der Turaser immer ein ordentlicher Mensch gewesen ist —

Turaser.

Bis auf die schwache Stund — — —

Adolf.

Für unsereinen ist die Verführung gar zu mächtig. Es ist schwer, ein ehrlicher Mensch zu bleiben, wenn man nichts zu essen hat.

Turaser.

Sag, Adolf, wenn er zu irgend einem gekommen wär, zu irgend einem von euch, und wenn er an ihn herangetreten wär mit Geld und guten Worten, und wenn sein Kind krank gewesen wär und hätt nicht ge=

sund werden können, und wenn ihm alle die Ohren voll geblasen hätten mit dem und jenem und so, wär einer von euch ein ehrlicher Mensch geblieben?

Keiner, Turaser.

Adolf.

Turaser.

Daß es gerad an mich herangetreten ist, kann ich dafür? Das war meine Bestimmung, und daß es grad dann gekommen ist, wie ich in Not war und so leicht hab fallen können, daß war ein Unglück. Und wenn ich nicht hab widerstehen können und darin bin umgekommen, so kommt das, weil ich ein schwacher Mensch bin und immer war. So einem schwachen Menschen kannst die Stärken nicht einblasen und den Charakter, er ist schon einmal so, wie er ist erschaffen worden und kann sich nicht anders machen, er muß so sein, wie er von Anfang an ist. Aber, warum hab ich müssen deswegen so gestraft werden, warum hab ich gar so streng Rechnung legen müssen? Um das geht's! (Adolf entfernt sich von Turaser unbemerkt; man hört die Thüre leise schließen.) — — Um das! — Wer giebt eine Antwort darauf, wen kann man fragen? — Wirst sagen, geh in die Kirch, die sind dazu da, wenn du fragst, dich zu hören und zu antworten. Das weiß ich, was die mir sagen werden: das ist die Prüfung, wen Gott liebt, den straft er, er liebt den bußfertigen Sünder. Warum hat er mir nicht Zeit gelassen, mich zu bußfertigen, warum ist er gleich losgefahren wie ein Jähzorniger? Und die

Prüfung! — So schaut eine Prüfung aus? — Das ist ja der Seelentotschlag! Wenn er alle Sünder gleich so trifft wie mich, bleibt nicht viel übrig. Dann brauch ich das alles nicht. Ich straf mich selber, dazu bin ich mir Mann und Herr genug. Ja, aber das ist die Frag, hätt ich mich kasteit, wenn mir der Bub am Leben geblieben wär, hätt ich mich als Sünder gefühlt!? Jetzt erst hab ich mich mit der Marie versöhnt, jetzt erst das Geld verschenkt, jetzt erst will ich Buße thun. — Ihr verzeiht mir alle, so wie man einem verzeiht, von dem man weiß, der hat einen Hieb für sein Leben lang, der Denkzettel bleibt ihm, lassen wir ihn laufen. Glaubt ihr denn, daß es mir so um euch geht? Deswegen wär ich schon mit mir selber fertig worden. — Das Kind.... mein gutes, armes Kind....
(Er setzt sich und bedeckt das Gesicht mit den Händen. Es wird während einer Pause ganz finster und dann im Hintergrunde bläulich dämmerungshelle, es knistert und Bartel, mit einem langen, weißen Hemde bekleidet, die Arme weit ausgestreckt, erscheint im Hintergrunde.)

Bartel.

— Pappi! —

Turaser (erwachend).

Bist du's? Kommst mich heimsuchen? (Kniet nieder.) — Oder was willst? — Sag, was willst von mir, Bartel, sag mir's mein Bubi. (Die Erscheinung legt sich ihm um den Hals.) Oder kommst deinem Vater verzeihen? — Ja, das ist's, deswegen kommst zu deinem armen Vater. Bist ein gutes Kind, wie du es immer warst. Also

tragſt es mir nicht nach? — Nein . . . . . nicht . . . . .!
Ich hab es ja nur dir zur Lieb gethan . . . . nur dir
zu Lieb . . . . .!
(Die Erſcheinung zieht ſich zurück und verſchwindet. Pauſe, während
welcher Turaſer ins Dunkel der Erſcheinung nachſtarrt. Man hört
Stimmen. Albine und Naßwetter treten auf. Bei ihrem
Eintritt wird es plötzlich wieder helle und Turaſer geht ihnen
lebhaft, wie von innen geſtärkt und aufgerichtet, entgegen.)

Turaſer.

Grüß dich, Naßwetter. Weißt wo der Doktor
wohnt?

Naßwetter.

Welcher?

Turaſer.

Mein Helfer vor Gericht —

Naßwetter.

Wer war denn das nur gleich?

Turaſer.

Der Doktor Schwarzweiß in der Neuthorgaſſen —
weißt, in dem neuen Haus am Eck? Nicht weit von
hier.

Naßwetter.

Weiß ſchon.

Turaſer.

Lauf ſchnell zu ihm, ſo ſchnell wie du kannſt und
bring ihn her. Nimm dir einen Einſpänner.

Naßwetter.

Gleich?

Turaser.

Gleich. Er soll alles liegen und stehen lassen und soll zu mir kommen. Er wird schon, sag ihm nur, der Turaser hat mit ihm was wichtiges zu besprechen. Lauf! (Naßwetter ab.) Albine, der Adolf war bei mir, sein Weib ist krank, ich hab ihm was gegeben. Der Rest gehört dir. Da hast. Alles ist beglichen, brauchst davon niemandem was zu geben. (Giebt ihr eine Börse.)

Albine.

Was hast wieder vor, Bartel?

Turaser.

Ich will der Sach ein End machen, ich will das wieder gut machen, was wir auf dem Gewissen haben.

Albine.

Willst dich angeben? — Willst weg von mir?

Turaser.

Ich muß.

Albine.

Hast mir nicht geschworen, als ein treuer Ehemann bei mir zu bleiben?

Turaser.

Wenn es abgebüßt ist, komm ich wieder zurück, dann fangen wir ein neues Leben an.

Albine.

Im größten Schmerz laßt mich allein?

Turaser.
Ich werd auch allein sein.

Albine.
Zu zweit trägt es sich besser.

Turaser.
Es muß überstanden werden. Und es ist mir so froh und frei, wenn ich daran denke, wahrhaftig so leicht und fidel bin ich dabei, es ist am besten so. Das Recht muß seinen Lauf haben. Wir haben betrogen und belogen, heraus muß die Wahrheit, heraus muß die Wahrheit und das Recht! Offen will ich alles sagen und bestraft sein und dann von Anfang anfangen.

Albine.
Bist ja schon gestraft, Vater.

Turaser.
Von den Menschen noch nicht. Auch die Menschen müssen mich strafen, nach dem Gesetz, das aufgeschrieben ist, ob das Gesetz gut oder schlecht ist. Das Recht muß seinen Lauf haben. Ich kann nicht ruhig leben. Hab ich geschlafen die letzten Wochen? Hast du geschlafen? Wir sind nicht dazu geschaffen, unrechtes Gut und Geld zu haben! Zum Schuft muß man auch geboren sein. Wir sind aber ehrliche Menschen.

Albine.
So geh ich mit dir.

Turaser.

Du hast nichts verbrochen.

Albine.

Ich hab dich dazu gehabt, mein guter Mann, ich bin an allem schuld, verzeih mir es, Bartel, verzeih mir! Die Kinder . . . . .

Turaser.

Ueber die Kinder brauchst dir keinen Kummer zu machen, die sind, wo es besser ist als bei uns da, in dieser schmutzigen Welt.

Albine.

Ich kann aber nicht allein da sitzen, ohne Mann und Kinder.

Turaser.

Büß auch du ab! — Es wird ja nicht so lang dauern, dann bin ich wieder draußen, und wir fangen von vorne an, und wenn wir Glück haben, kriegen wir wieder ein Kind.

Albine.

Die Schand . . . die Schand!

Turaser.

Aber die Erleichterung!

Albine.

Die Zelber, mein Himmel, was wird die sagen?

Turaser.

Das ist alles schon ins reine gebracht — —

Albine (rasch).

War sie da? — Was hat sie gesagt? —

Turaser.

Sie war da. Gleich aus dem Arrest ist sie zu mir gekommen, weil sie von unserem Unglück gehört hat. Unschuldig ist sie gesessen und hat ihre bürgerliche Ehr verloren, und doch ist sie gekommen! — Sie ziehen weg von hier — nach Wien.

Albine.

Nach Wien? — Was soll ich denn nur um Gotteswillen in der Einsamkeit da machen? — Denkst denn gar nicht an mich, willst mich denn ganz verlassen? —

Turaser.

Bleib da, geh in die Arbeit oder geh nicht, hast was zum Zusetzen und wart bis ich komm. Kannst mich besuchen kommen, in der Woche einmal oder zweimal.

Albine (ausbrechend).

Ich laß dich nicht allein gehn, ich geh mit dir (Sich ihm um den Hals legend.) — Geh, Turaser, laß mich mit. Laß mich mit dir. Ich bin ja daran schuld, nicht du, ich hab dich ja dazu gehabt, ich hab dich verführt. Das werd ich vor dem Gericht sagen.

Turaser (lächelnd).

Wirst ja gar nicht vor Gericht kommen! —

Albine.

Das sag ich vor dem Gericht. Ich bin die Ursach gewesen von dem allen, ich allein, du bist unschuldig!

Turaser.

Ah, laß schon, was ist daran viel gelegen! Mir macht es nicht viel, und du wirst es auch überstehen. Mach daraus keine solche Geschichte. Da liegt ja gar nichts daran. Laß ruhig das Gericht sein Urteil sprechen und verwickel es nicht noch mehr, als es so schon verwickelt ist, und alles ist gar.

(Rechtsanwalt Dr. Schwarzweiß und Naßwetter.)

Naßwetter.

Also da ist der Turaser. Soll ich weggehn?

Turaser.

Bleib nur da, das kann jeder hören, der es hören will. Herr Doktor, ich hab falsch ausgesagt vor Gericht.

Schwarzweiß.

Wünschen sie, daß ich das dem Gericht bekannt gebe?

Turaser.

Ja. Ich bitte darum.

Schwarzweiß.

Ich mache sie aufmerksam, daß dann ein neuerliches Verfahren eingeleitet werden wird. (Setzt sich.)

Turaser.

Ja. Und was geschieht dann?

Schwarzweiß.

Dann wird untersucht, ob ihre neuerliche Aussage auf Wahrheit beruht.

Turaser.

Sie beruht auf reiner Wahrheit.

Schwarzweiß.

Das wird sich dann herausstellen. Wenn es sich also ergiebt, daß sie bei der ersten Verhandlung falsch geschworen haben, dann, Turaser, dann werden sie eingesperrt.

Turaser.

Und was geschieht weiter.

Schwarzweiß.

Der Zelber Marie werden alle ihre bürgerlichen Rechte wiedergegeben. Es wird erklärt, daß sie unschuldig war. Die acht Tage, die sie abgesessen hat, die freilich kann ihr niemand nehmen, noch auch bekommt sie irgend welche Entschädigung.

Turaser.

Dann aber, was geschieht weiter?

Schwarzweiß.

Sie werden verurteilt — wahrscheinlich zu einem Jahr Gefängnis.

Naßwetter und Albine.

Ein Jahr?! —

Turaser.

Ruhig sein, wenn der Herr Doktor spricht! — Dann, was geschieht dann?

Schwarzweiß.

Ja so! — Herr Kleppl wird ebenfalls in Untersuchung gezogen und wird, falls ihre Angabe auf Wahrheit beruht —

Turaser.

Sie beruht auf reiner Wahrheit.

Schwarzweiß.

— ebenfalls eingesperrt.

Turaser.

Das ist mir eben recht.

Albine.

Wie viel.

Schwarzweiß.

Eher mehr, als weniger.

Naßwetter.

Mehr als ein Jahr?

Schwarzweiß.

Wahrscheinlich.

Albine.

Aber ich, Herr Doktor, bin an allem schuld?

Schwarzweiß.

Wieso sie?

Turaser.

Halt's Maul! — Herr Doktor, ich bitt schön, sie ist eine Gans. Sie bildet sich ein, sie hätt mich zu dem falschen Schwur gehabt.

Schwarzweiß.

Sie hätte sie dazu verführt?

Turaser.

Ja. Es ist aber ein Unsinn.

Albine.

Ich hab ihn dazu gehabt. Er hat den Kleppl hinauswerfen wollen. Der Kleppl ist gekommen und hat ihm zweihundert Gulden gegeben und einen schönen Taglohn versprochen.

Turaser.

Das Geld ist weg. — Die Kosten für die Leich und so — mehrere Wochen ohne Arbeit.

Schwarzweiß.

Das kümmert das Gericht nicht. Das muß sich Herr Kleppl mit ihnen ausmachen. Dann aber, Frau Turaser, haben nicht sie, sondern Herr Kleppl verführt. Mit ihnen hat also das Gericht auch nichts zu schaffen, sondern bloß mit ihrem Mann. Sagen sie mir, Turaser, haben sie sich auch alles wohl überlegt, was sie mir da gesagt haben?

Turaser.

Wohl überlegt, Herr Doktor. Noch nie habe ich mir etwas so wohl überlegt, wie das.

Schwarzweiß.

Warum wollen sie das thun?

Turaser.

Ich will mein Gewissen frei haben.

Schwarzweiß.

Ist wohl eine schöne Sache, ein gutes Gewissen. Aber, ich bin nicht der Richter, noch der Staatsanwalt, ich habe nicht dafür zu sorgen, ob Recht Recht bleibt, sondern ich habe ihr Interesse zu wahren. Ueberlegen sie wohl, um was es sich hier handelt. Jetzt sind sie ein unbescholtener Mensch — vor Gericht. Niemand darf ihnen etwas nachsagen, sonst wird er im Klagefalle bestraft — vom Gericht. Wenn auch alle Welt sich denkt und munkelt — vor dem Gericht sind sie der Ehrenmann, der sie waren. Jetzt also, nachdem die ganze Angelegenheit beigelegt ist, die Marie Zelber ihre Strafe abgebüßt hat, wollen sie sich selber des Meineides anklagen. Von dem Augenblicke an, da ich die Anzeige erstatte, werden sie in Haft behalten. Wenn das Gericht ihre Aussage als wahr erkennt, werden sie verurteilt; sie werden ihr Leben lang vor Gericht — als Abgestrafter gelten, vor den Menschen als ein wegen Meineid Verurteilter. Sie verlieren die bürgerliche Ehre; sie hören auf, unbescholten zu sein. Haben sie das alles wohl überlegt?

Turaser.

Wohl überlegt.

Schwarzweiß.

Und sie beharren trotzdem darauf, daß ich sie auf das Landesgericht führe und dort die Anzeige erstatte?

Turaser.

Ich bitte darum.

Schwarzweiß.

Und ihre Familie?

Turaser.

Herr Doktor, das ist meine Sorge. (Pause.)

Schwarzweiß (erhebt sich).

— Also ... wenn es sein muß, Turaser .... ich weiß nicht, was das Gericht sagen wird, aber ich weiß, daß die anständigen Leute sie für einen anständigen Mann halten werden. (Er reicht ihm die Hand.) So, und jetzt wird gegangen.

Turaser.

Leb wohl, Albine!

Albine (schluchzt).

Turaser.

Sie kann mich doch besuchen? Ist wahr?

Schwarzweiß.

Gewiß! — Ich will alles mögliche thun.

Turaser.

Schönsten Dank, Herr Doktor. Wir sind arme Leute.

Schwarzweiß.

Also —! — Vorwärts!

(Naßwetter reicht Turaser die Hand, der Anwalt schreitet voran, alle hinter ihm, dem Ausgange zu.)

Der Vorhang fällt.